同心

夜逃げ若殿 捕物噺3

聖 龍人

時代小説

二見時代小説文庫

目次

第一話　千太郎《せんたろう》と由布《ゆう》姫　7
第二話　船宿高田屋　75
第三話　姫さま同心　151
第四話　道灌山の西陽　221

姫さま同心——夜逃げ若殿 捕物噺3

第一話　千太郎《せんたろう》と由布《ゆう》姫

一

江戸は焦《こ》げていた。

火事ではない。暑いのである。

ここは、上野《うえの》山下。

骨董を商う片岡屋の打ち水が店の前にまかれたのは朝、店《たな》が開いた明け六つ（六時）と、昼前の四つ半（十一時）。

それでも、熱波が襲っている。

ぜぇぜぇと舌をだらりとさせ野良犬が、店の門口《かどぐち》にへたり込んでいるのを、通りすがりの子どもが水をかけている。

勤番侍らしき若い男は、汗を額からだらだら流しながら歩いている。大工か、それとも植木屋か、職人風の男が尻はしょり姿で走っていく。蟬の泣き声がうっとうしいほどうるさい。

とにかく暑かった。

片岡屋の離れでは、ぼんやりした目つきの侍が寝転がっている。

空色の着流し姿で、一見、だらしない雰囲気に見えるが、じつはこの侍、下総《しもうさ》に二万三千石。飛び地甲斐《かい》の国に一万二千石。あわせて三万五千石の所領を持つれっきとした稲月《いなづき》家の若殿なのである。

名を稲月千太郎といい、二年後には田安《たやす》家と縁続きになる姫との祝言《しゅうげん》を控えていた。

だが、この千太郎君、なかなかのかって気ままな性格。

祝言までは気ままにさせろと、三味線堀《しゃみせんぼり》にある下屋敷から逃げ出してしまったのである。江戸家老である佐原源兵衛《さはらげんべえ》は慌てて、息子の市之丞《いちのじょう》に捜させた。

なんとか、この片岡屋の離れに居候をしているところまで突き止めたのだが、まだ連れて帰るまでは至っていない。

もちろん、千太郎がそんな身分の人だとは、片岡屋だけではなく、店の使用人たちも知る由もない。

だが、どこかその辺にいるただの浪人とは違う、とは感じているのではあるが、正体を知る者はいない。

「暑い……」

千太郎は離れの一室で呟《つぶや》いた。

離れといっても、床の間つきで縁側まであるという大層な部屋だ。

片岡屋の主人は、治《はる》右《え》衛門《もん》という鉤《かぎ》鼻に精悍な雰囲気を持ち、およそ商売人には見えない。当たりはいいが、ときどき皮肉な言葉を吐くことがある。

千太郎をこんな待遇にしているのは、不思議な才があるからだ。

古いものから新しい品まで、鑑定の目がある。さらに、摩《ま》訶《か》不思議な事件に対する目《め》利《き》きも鋭い。

治右衛門が千太郎と出会ったときも、自分の前で目利きの力を発揮されたことがきっかけだった。

その鮮やかな手並みを見て、雇おうとしたのだ。

そのとき、このとぼけた侍は、

「自分がわからぬのだ」

とんでもない話をあっさりと告げ、名前も忘れたと肩をすくめた。

本気かとぼけているのかわからぬが、名がないと呼ぶときにも困る。

すると、千太郎とでも呼んでくれと目を細めてから、

「姓が千で、名は太郎。千人力の千だ」

わはははと笑ったのであった。


縁側に出ると、風がかすかに吹いている。少しは涼しいかと思ったが、生ぬるい風でしかなかった。

庭に植えられている樹木に蟬が止まって鳴き続けている。

しばらく縁側に座って庭を眺めていると、紋白蝶が羽をぱたぱたさせて、千太郎の知らない花の周りに近づき飛んでいた。

そこに、いますか？　っと声が聞こえた。

「その声は親分か」

「へい」

庭は垣根に囲まれている。通り側から声が聞こえてきたのだ。

垣根の中心に、小さな木戸門がある。門といっても人の腰程度しかないので、簡単

に開くことができるのだ。

物騒だという人もいるが、まだ盗っ人などに入られたことはない。もっとも、この離れにはめっぽう腕の立つ侍が居候をしているという噂が広がっているから、そんな危険なところに押し込む強盗などはいないのだろう。

入ってきたのは、丸顔に丸い目。口をちょっと尖《とが》らせるのが癖の男だ。

「親分どうした」

「へぇ……」

親分と呼ばれたこの男は山之宿《やまのしゅく》に住む弥市《やいち》という岡っ引き。一見、意地が悪そうに見えるが、じつは情にもろい。

「千太郎の旦那、事件です」

「……なんだね、その紋切り型の言葉は」

「え……それ以外なにかありますかい？」

「私は、骨董の目利きだ」

「それがどうかしたんですかい？」

「普通は、いい出物がありますとかなんとか、そういう話を持ち込むものだ」

千太郎は、若殿だけあって言葉も態度も横柄《おうへい》である。だが、弥市はそんな応対には慣れている。

「さいですか。まぁ、それはそれとして」

「なにがそれはそれとしてだ」

「ですから、そんな話はうっちゃっておいて、という意味でして」

「うっちゃる？」

「おや、知りませんか？　相撲の決まり手ですよ」

「…………」

千太郎は、はぁとため息をついた。

「親分と喋っていると、頭がおかしくなりそうだ」

「それはまたご愁傷様です……」

「もうよい、で、話はなんだ」

「へぇ……」

弥市は縁側に腰を下ろした。

そのとき、治右衛門に持って行けとでも命じられたのだろう、足音が聞こえて、片岡屋の小僧、助八《すけはち》がお茶を運んできた。

千太郎と弥市の前に置くと、愛想《あいそ》なくそのまま戻っていく。

弥市は苦笑いをしながらも、茶碗を口に近づけると、

「ある大店《おおだな》の娘が消えたんです」

「まぁよくある話だな」

「そんなことをいっちゃぁ可哀想ですよ」

弥市は、眉を動かしながら千太郎を見つめた。

「そうか……」

「消えた娘というのは、富岡八幡《とみがおかはちまん》のそばにある団子屋、戸田屋の娘です」

「親分の縄張り違いではないのか」

弥市は、山下から浅草を中心に見回りをしているから、どうして深川の話をしているのか、と千太郎は訊いたのだ。

「名を信三《しんぞう》というあっしの兄弟分の親分が深川にいましてねぇ、相談を受けたんでさぁ」

「ほう……親分の名も江戸に広まったということか」

「そんなことじゃねぇですが……」

言葉とは裏腹につい鼻が蠢《うごめ》く。

「でね、その娘が誘拐されたんじゃねぇのか、と団子屋の親父が、信三親分に調べて

くれと頼んできました」

「なるほど」

「だけど、信三親分は歳が五十を過ぎていて探索をするのが辛い。そこで、あっしに頼めねぇか、とまぁそんなわけでして」

「ふ〜ん」

「どうです?」

「なにが」

「ですから、千太郎の旦那に出張ってもらいてぇということでさぁ」

「はて」

千太郎は、縁側に寝転がってしまった。

「暑くてなぁ。それに私は目利き以外のことに興味はない」

「しかし、いろんな事件を解決してくれましたよ」

「それはそれ」

手枕をしながら、仰向けになって目を閉じてしまった。

それでも弥市は負けずに喋り続ける。

「まぁ、いいですよ。その団子屋は全国から珍しい茶器やら、瓶などを集めているってんですがねぇ。話を聞いてくれたら、そのうちのいいものを売ってもかまわねぇと……まぁ興味がねぇという話ですからやめておきましょうか」

「ちょっと待て」

千太郎は、手を頭の後ろで組んだまま起き上がった。

「それをなぜ先に申さぬか」

弥市はしてやったり、という顔をした。

二

戸田屋は、深川、富岡八幡を少し過ぎた神社の正面にある。

暑いから嫌だ、という千太郎にいい品物があるからと引っ張り出すことに成功した弥市は、まずは信三親分に挨拶をしたい、と訪ねることにした。

山下から深川に向かうには、そのまま南に進む道もあるが、千太郎は川風を受けながら歩いたほうが涼しいだろう、と川沿いに向かった。

ふたりは、左に大川の流れを見ながら深川へ向かった。

両国橋の途中では着物に川風を受けて、涼む侍や、上半身裸になって欄干に体を預けているような輩《やから》もいる。

それだけならいいが、汗をかきかき歩いていく娘たちをからかっている若い連中もいる。

別に周りに迷惑をかけるわけではないが、弥市はそいつらのそばに進むと、十手《じって》を出して、

「おい……」

ひと睨みをしてから、戻ってくる。

「あんなバカ野郎たちの親の顔が見てぇなぁ」

と呟いたが、千太郎はにこりともせずに、

「まぁ、若い間はあぁしたものであろうよ」

あっさりと答えた。

弥市は、苦笑を返すだけである。

「それはまぁいいですが……」

「なんだ」

「戸田屋について少しだけ説明をと思いますが」

「……よい。自分の目で見たことのほうが確かだ」

「まぁ、そうでしょうが……」

弥市は、口を尖らせて不服そうな顔をする。

「心配するな。私は目利きだ」

「はぁ」

弥市は、口の中でぶつぶつ文句を呟きながら足を進めた。

信三親分が住んでいるのは、浄心寺前の平野《ひらの》町である。

武家屋敷と掘割に挟み込まれたような場所である。

長屋の入り口には、引札のようなものが貼られていて、三味線の師匠やら犬猫を探す、などという商売の札まであった。

千太郎は物珍しそうに眺めてから、

「あっちで待っている」

すたすたと来た道を戻り始めた。

弥市が、どこに行くのか問うと、あそこだ、と指さした。

千太郎が教えたのは、よしず張りになった床店《とこみせ》だった。粗末な屋根の下に長い床几が外に並べられている。そこで涼もうという魂胆《こんたん》だろう。

弥市は、千太郎が床几に座ったのを確かめてから信三の長屋に足を踏み入れた。

しばらくして千太郎がのんびりと待っている床店に、弥市は信三を連れて行った。

信三は、唐山《とうざん》の着物がよく似合い、眉に白髪《しらが》が出ているせいか年齢を感じさせながらも、温厚そうに見える。千太郎の前に出ると、ていねいにおじぎをした。

千太郎は横柄に、かすかに首を動かしただけである。

「信三親分、すみませんねぇこんなお人で。なにしろご自分が誰かもはっきり覚えていねぇというんで……」

その話に信三は驚きの目をする。

「それはそれは……」

一度、ちらりと千太郎の顔を見つめたが、それ以上のことは口に出さない。

「さすが信三親分、余計なことは口にしませんねぇ」

「いや。尋ねるだけの度胸がねぇんですよ」

照れながら答えた。もちろん謙遜である。

千太郎は、そんな信三の態度が気に入ったのか、にこにこしながら、

「岡っ引きとひと口にいっても、いろんな人がいるものだ」

と誉めたのかけなしたのかわからぬような言葉を吐いてから、

「信三親分と戸田屋の間にはなにかあるのかな？」

問いながら床几から立ち上がった。

その足で戸田屋に向かうつもりらしい。

弥市と信三は数歩後を追う。

「へぇ……まぁそれほど親密ということもありませんが、ときどきおかしな客が来ていねぇか見回りをするんでさぁ」

千太郎は、頷いている。

「それに、あそこの団子は評判ですから」

「ほう、食べに行くというわけか」

「まぁ、そんなところでして」

「戸田屋の内実はどうなのだ」

「商売ですかい？　それはまぁ団子屋ですからねぇ、大儲けをするというわけじゃねぇでしょうが、先代から続いていて、固定の客がいますから」

「ということは、それなりの貯えはあるということになるが」

信三が首を傾げていると、弥市が答えた。

「……だけど、こういっちゃぁなんですが、団子屋ですから」

「………」

千太郎は、ううむとかすかに唸り声を上げた。

「なにか？」

弥市が不審気に問う。

「いや……」

「それに、近頃は旦那の銀次郎《ぎんじろう》が悪所《あくしょ》通いが癖になったらしくてねぇ……ときどき意見してるんですが」

千太郎は、ふむ、としか答えない。

富岡八幡に続く二の鳥居を越えて、神社の入り口を通り越した。

その反対側、数軒並んだ店を過ぎたところに戸田屋があった。

店の前には、床几が向かい合うように数本並べられていて、水を打たれた跡が地面に黒く沁《し》みを作っていた。

床几は満員で座る場所がなく、順番待ちをしている者がいる。

店のなかに入ると、客は男女入り乱れていた。女だけではなく、男たちにも人気があるらしい。弥市が見回すとなかには、高級そうな衣服を着た女主従なども見えている。それだけこの店は人気がある、ということなのだろう。

信三が使用人に声をかけると、すぐ主人の銀次郎がやってきた。

客が座って食べている場所から離れて、銀次郎は千太郎たちを奥座敷に連れて行った。廊下はきれいに拭き掃除がされているが、だからといって、それほど高級な雰囲気はない。

どうしてこんな店の娘が消えたのか、と弥市は廊下を歩きながら信三に尋ねたが、

「さぁ、それがわからねぇ。かどわかされたものか、それとも家出したのかもなぁ……」

信三は、戸田屋の心情を慮《おもんぱか》っているのだろう、あまりはっきりとした物言いはしなかった。

弥市は、戸田屋の顔色を窺ってみた。

どこかやつれているのは、娘の姿が見えなくなったからだろうとは思うが、それ以外にも心配事がありそうな感じを覚えた。

千太郎に問うてみようかと、ちらりと目を向けると、千太郎は目配せを返してきた。

どうやら、言葉にするなという意味らしい。

戸田屋は、目を伏せながら、こちらでございます、と障子を開いた。

座敷は、やはり装飾品があるわけでもなく、驕《おご》った雰囲気はない。

「わざわざありがとうございます」

戸田屋が、手をついた。

千太郎は、上座《かみざ》に座ったがきょろきょろと部屋を見回している。

弥市が千太郎を戸田屋に紹介する。

あえて記憶をなくしているという話はしない。そんなことをして疑惑を持たれても困る。

「まぁ、私の後見人のようなお人だと思ってもらっていいが、それ以上に、千太郎さんは美術品の目利きができるのだ」

「……そうでございますか」

戸田屋は、憂いの目つきで千太郎に目を向ける。

「どうした。私が来たのが気に入らぬとみえるが？」

「いえ……」

千太郎は、またきょろきょろ部屋を見ながら、

「近頃、金が必要になることがあったのだな？」

「………」

戸田屋はなにか答えようと一度口を開いて、また閉じた。

弥市は、どうしてそんなことがわかるのだ、という目つきで千太郎を見つめる。

信三は、びっくりしたのだろう、肩を揺すって大きく深呼吸をした。

三人三様の驚き顔を尻目に、千太郎は言葉を続けた。

三

「美術品をいろいろ集めているという話であった。だが、この座敷を見回すとそれらしきものがない……」

千太郎は、後ろを振り向き、

「この床の間を見ると、壁に白い部分が残っている。そこには掛け軸がかかっていたはずだ、それに……」

今度は、違い棚を指さして、

「この棚の中心から右にかけて、不自然な空間がある……」

弥市は、目を向けたがよくわからない。

「どこです？」

「ここだ……」

千太郎は、立ち上がって手で囲んだ。

「ここには小さな花瓶でも置かれていたのではないか？」

銀次郎は、驚き顔をして千太郎の言葉を聞いていたが、

「おみそれしました……」

頭を下げた。

にこりともせずに、千太郎は銀次郎に視線をぴたりと当てて、

「脅迫状が来たのか？」

「申し訳ありません。じつは……」

銀次郎は、喋り始めた。

戸田屋には子どもがふたりいる。

上が娘で名を妙《たえ》といい、十五歳。その下は男で十二歳。名は亥太郎《いたろう》といった。亥の日に生まれたという。

娘の姿が見えなくなったのは、両国の広小路に遊びに行った日のことだという。そのとき、一緒にいたのは下女のお容《よう》。

両国にはときどき買い物などに出かけるので慣れている。そのため、銀次郎にしても母親のお清《きよ》にしてもそれほど心配はしていなかったという。

両国橋の西詰めあたりを歩いているとき、若い男がぶつかってきた。お容が突き飛ばされ、お妙と離れてしまった。

慌ててお容は戻ったが、お妙の姿はどこにもなかった……。

弥市はその話を詳しく聞きたい、とお容を呼んだが、ぶつかってきた男の顔はまったく見ていなかったと答え、泣きじゃくるだけでそれ以上の話を訊き出すことはできなかった。

脅迫状は、その日の夕方、近所の子どもが若い男に頼まれたといって持ってきた。

一千両を持ってこいという内容だった。

その金を用意するために、座敷にあった掛け軸と花瓶を売ったという。それだけでは足りずに、蔵のなかからも数点売り飛ばしたらしい。

戸田屋の憂いはそんなところにもあったのかもしれねぇ、と弥市は銀次郎の顔を見つめた。

千太郎は話にじっと耳を傾けていたが、

「その金はいつどこで渡せと？」

「それがまだ連絡はないのでございます」

戸田屋の銀次郎は疲労の色を見せる。

「それで……」

弥市が得心顔をする。

金の要求はあっても、その受け渡しについての連絡がない。妙が生きているのかどうかもはっきりしない。それで、戸田屋は元気のない表情を見せていたのである。

「千太郎の旦那……どうします？」

弥市の問いに千太郎はううむ、と腕を組みながら、

「まずは、次の連絡を待つしかあるまい」

いまのところ、手はそれしかない、と答えた。


一方、客のなかにいた娘主従。

「姫さま……」

「………」

「出てきませんね」

「一緒に奥に行ったのは、この店の主人であろうか？」

「おそらく……」

「やっとお会いできたのです……」

「はい……」

「待ちましょう」

「しかし……」

「なんです」

「それほど間がありません」

「…………」

　会話を交わしているのは、弥市が戸田屋に入ったとき、客のなかで見た高級そうな衣服を着た女主従のふたりだった。

　姫さまと呼ばれたのは、由布姫。

　もうひとりの娘は、供の志津《しづ》である。

　由布姫は、千太郎の許嫁《いいなずけ》である。

　屋敷では自他共に認めるじゃじゃ馬姫として知られる。

　ときどき、お付きのお志津とともに江戸の町に出ては、物見遊山を楽しんでいたのだが、稲月藩の千太郎君との祝言が決まってからはさらにその数が増えてしまった。

　祝言を挙げてしまうと、かってに江戸の町を徘徊することなど叶わなくなる。そこで、いまのうちに江戸の町を楽しんでおこうというのが由布姫の考えである。

しかし——。

まさか千太郎君まで同じような考えを持っているとは夢にも思わない。

さらに、ふたりはまだ一度も顔合わせをしたことがないのである。

そこで、おかしなことが起きてしまった。

お互い、顔を知らぬうちに、由布姫は千太郎があざやかに町のごろつきを倒した場面に遭遇して、その凛々《りり》しさに一目惚れをしてしまったのである。

さらに供の志津は、父親に命じられて千太郎を探しに出た、稲月家江戸家老の息子、佐原市之丞と出会い、これまた一目惚れ。

由布姫と志津のふたりはお互い一目惚れした相手を捜して江戸の町を歩き回ることになったのであった。

そして——。

深川で評判の団子を食べようとして、由布姫と志津は戸田屋の客となっていたのであった。

何度か顔を見たり、後ろ姿を見たりしながらすれ違いが続いていた由布姫にとって、団子屋で顔を見るとは驚きである。

これこそ千載一遇の出会いだ、と由布姫はなんとかして千太郎が奥から出てくるまで待ちたいのである。

だが志津が、それほど間がない、と眉をひそめた。

「志津……いま、何時《なんどき》です」

「……おそらく、九つ半（一時）……」

「約束は……」

「八つ（二時）です」

「まだ半刻ほどありますね」

「しかし、ご用意に四半刻（三十分）はかかります」

「…………」

由布姫は、八つから飯田町の屋敷で琴の稽古だったのである。

由布姫は、眉を寄せて、

「志津……」

「はい」

「やめましょう」

「はい？」

「琴の稽古は中止です」

「しかし……」

「誰か使いを出しましょう」

由布姫は一度言葉に出したらそれを撤回することはない。志津はあぁと諦めの声を出して、

「仕方ありません。私が走ります」

「いいえ……志津は一緒にいないといけません」

「……ははぁ、姫さま、私を巻き込むおつもりですね」

「ふふふ」

由布姫は目を細めて、

「わかりますか」

志津は、ふたたび、はぁと大きく肩を動かしながら深呼吸をすると、

「では、誰か使いをその辺で見つけましょう」

「頼みます」

珍しく由布姫は頭を下げながら、

「あの方がここにいるということは、志津が思っているあの侍もそばにいるやもしれぬ、ということですよ」

「そうであればいいのですが」

志津の顔は一瞬ぱっと明るくなったが、すぐ曇らせて、

「しかし姫さま……どうしてあの方はこのような店に来たのでしょう？」

「そういえば、ちと疑問がある」

「はい」

「一緒にいたのはおそらくご用聞きであろう」

「そう見えました」

「この店がなにか事件にでも巻き込まれたのであろうか？」

「どうでしょう……」

「おや……？」

外を眺めていた由布姫が首を傾《かし》げた。

「どうしました？」

「あの者を……」

由布姫が目配せをする。

目線の先を見ると、縞柄の着流しを着た男の姿があった。

「あの者がなにか？」

「さきほどから、この店を窺っているような目つきをしているのです」

「混んでいますからね。客の動きを見定めているのではありませんか？」

「そのような優しい目つきではない……」

「そうでしょうか？」

志津がもう一度顔を動かすと、

「見てはいけません」

由布姫が手で制した。

「あの目つきはただものではありませんよ。なにか悪事を考えている目つきです」

「そんなことがわかりますか？」

「私には感じるのです……」

「あの岡っ引きたちが来たこととなにか関わりがあるではないでしょうか？」

「そうかもしれません……」

四

由布姫の目つきは厳しく変化している。

志津がちらちらと見たところによると、男の年齢は二十歳くらいであろうか。色が黒いのは外を歩き回っているからだろう。

「あ……男が動きました……」

志津が囁いた。

周りの目を気にしながらの会話だから、つい声が低くなる。

横目で見ていると、男は懐からなにか小さな結び紙を取り出したように見えた。志津は、思わず由布姫の袂を握ると、

「あれは、なんでしょう？」

し……と由布姫は唇に指を当てながら、

「誰に渡すのか見ていましょう」

若い色黒の男は、戸田屋の小僧、助八を手招きすると結び紙を手渡した。助八は、怪訝《けげん》な目つきで男を見た。

だが。そのときにはすでに男はさっさと店から離れていた。

「志津……行きますよ」

「はい」

ふたりは客のなかを縫いながら、表通りに出た。男の後ろ姿を捜す。

目の前を馬車が通り抜けていき、その先を男が歩いていく姿が見えた。

「姫さま、後をつけてどうするんです？」

「どこの何者かを知るのです」

「それがあのお方とどのような関わりが？」

「それはいまはわからないけど、なにかあの男について知ることが、あのお方のためになるような……そんな気がするのです」

ふたりが話をしている間に、男は富岡八幡を通り越した。

通りを歩きながら、よそ見をほとんどしないのは、目的場所が近いということだろう、と由布姫は志津に伝える。

「あのお方に教えなくていいのですか？」

「いまはあの男の素性を知るほうが先です」

「ようやく会えたというのにですか」

「店になにか異変が起きていたとしたら、またいつか戸田屋に行くはずです……待っていれば、また必ず会えますよ」

由布姫の言葉に志津は頷いた。

男は、由布姫と志津が後をつけているとは気がついていないらしい。

大川に突き当たり、しばし足を止めた。

汗を拭く仕草が見えている。

永代橋を渡るのかと思って見ていると、左に曲がった。

「志津……あそこの町の名は？」

「佐賀町です」

「どうやらそこに隠れ家がありそうですね」

「隠れ家というのでしょうか」

由布姫の言葉が大げさに感じられて、志津は笑みを浮かべながら、

「まだ、あの者が悪党とは決まっていませんが」

「あんな顔をした男は悪党に決まっています。戸田屋さんで小僧になにか結び紙を渡していました。あれがなにか事件の鍵を握っていると思われます」

「悪人顔とは？」

「三白眼《さんぱくがん》でした」

「……………」

そんなところまで見ていたとは……。

志津は由布姫の眼力に舌を巻いた。しかし本当に三白眼の男が悪党なのかどうか、

志津には判断はできない。

ただ、あの結び文が鍵になるのではないか、という由布姫の言葉は頷ける。

佐賀町に入った男は、大川沿いに二町ほど進んでから左に入った。

由布姫は志津に合図をして、

「見失ってはいけません」

小走りになった。

志津は頷くが、男の曲がり方を後ろから見て、胸騒ぎがした。なにか自分たちを誘っているように感じられたからだ。

「姫さま……やめましょう」

「どうしてです。せっかくここまで追ってきたのに」

「でも……なにか気になります」

「なにがです」

「あの男があまりにも後ろを見ないからです」

「その必要がないからでしょう」

「永代橋までの通りはけっこう人通りがありました。それなのにまったくよそ見をしないというのは解《げ》せません」

「目を引くものがなかったのでしょう」

いいから、後を追いましょう、と由布姫は譲らない。さっさと先に進んでいってしまった。

志津は仕方なく後を追いながら周囲を見回す。男の仲間でもいるのではないかと考えたからだったが、それらしき怪しい者がいるようには感じなかった。

佐賀町は蔵が並んでいる町として知られる。

色黒で三白眼の男は、相変わらず後ろを振り向かない。周囲にも目は向けない。普通に考えると、どこかおかしい。

志津は由布姫の袂を摑んで足を止めさせた。

「どうしたのです」

「やはり戻りましょう」

「ここまで来てそれはできません」

「あの男は私たちの尾行に気がついています」

「それはありません」

「あの横も見ない、後ろも振り向かないのは、私たちがいるのを知っているからだとしか思えません」

「心配なら、志津ひとりで戻りなさい」

「……姫さま」

「私なら心配いりませんよ。これでも鹿島神道流《かしましんとうりゆう》小太刀、目録《もくろく》の腕を持っていますからね」

「それはわかっていますが……」

「志津……女が男に心を惹かれるようになると臆病になるのですね」

「それは関係ありません」

志津は、眉を動かした。

「ふふ……その顔でなければ志津らしくありません」

「……姫さまには負けました」

急ぎますよ、という由布姫の言葉に志津は頷き、早足で遠くに見える男の後を追いかけていく。

曲がり角から離れて進んでいく男の歩き方が、少し緩やかになったように見えた。

志津は気がついたが、由布姫はそこまで気が回っていない。

志津は、眉をひそめた。

「姫さま……このままでは捕まるかもしれません」

「どうしてです」

「あの者はやはり私たちが後ろにいることに気がついています」

「それならそれでかまいません」

「しかし……」

「いいですか……こういうときには虎穴《こけつ》に入るのです。私が先に行きます。志津は離れて後から来なさい。万が一、私になにか起きたら、すぐあのお方を捜すのです。そして男を追って佐賀町まで来たという話をするのです。いいですね」

由布姫の顔はいつになく真剣だった。

「志津……あの方と関わりを持つためにも必要なのです」

戸田屋で、あの男が小僧に文を渡したのを見たことが男をつけるきっかけになった。男の行動は普通だとは思えない。

その裏になにがあるのか、それを探る行動はあのお方との繋がりを強くするために必要だと由布姫は考えているのだろう。

だが……。

志津は不安を感じる。

由布姫は、稲月家の若君と一年後に祝言を挙げることになっている。許嫁がいる身分。

それなのに、ほかの男に、しかもどこの誰かもわからぬ浪人らしき侍に……。

志津は困ったことになった、と身の縮む思いなのだった。

五

由布姫と志津が男を追いかけていった後も、千太郎は戸田屋にいた。

戸田屋の言葉からはなにも策を練ることができずにいたからである。

弥市と信三には、近頃、お妙が普段とは異なる行動を取るようなことがなかったか、あるいは、そわそわしていたとか、人の顔をまともに見ないとか、そんな仕草はなかったか、といろいろ尋ねさせた。

もしそのようなことがあったとしたら、自分から姿を消したという推測も成り立つからであった。

だが、使用人たちはひとりとしてお妙にそのような変化は感じなかったと答えた。

弟に関しても、おかしな言動を取るような姿は見られなかった、と一様に答えているから、亥太郎は関わりがあるとは考えられない。

弥市が奥の座敷に戻ると、千太郎と戸田屋のふたりは難しい顔をしていた。

「どうしたんです？」

「こんなものが来たのです」

戸田屋は、折り目のついた手のひらに乗る程度の紙を弥市に渡した。

「これは？」

弥市は、千太郎の顔を見ながら読んで、顔を上げた。

「金の受け渡しの知らせですね」

千太郎は、うむ、と頷くが、どこか得心のいかぬ目つきである。それに気がついた弥市が問う。

「なにか不審なことでも？」

「内容が気に入らぬのだ」

「どこがです？」

「受け渡し場所は、深川八幡の境内とある」

「はい、それがなにか？」

「どうしてそんな人が多いところでやり取りをする必要があるのだ。もっと人の少ない場所のほうがいいだろう」

「まぁそうですが……人ごみにまぎれて受け取ろうというのではありませんかい？」

「それは考えられるが……」

「まだなにか？」

「ある……」

千太郎は、文を弥市から受け取ると、

「これでどうだ……」

いきなり紙を揉み始めた。

弥市と信三は目を合わせ、戸田屋ははっと息を飲んでいる。

「なにをしているんです？」

弥市の問いに、千太郎は揉みながら紙を鼻に近づけた。

「この香りが気に入らぬ」

「はぁ？」

信三は、なにを下《くだ》らぬことを、という顔をするだけだが、そんな周囲の呆れ顔をよそに、千太郎は大まじめであった。

「この香りは女が使うものではないか。つまりだ……女が裏にいる、ということではないかな？」

千太郎の言葉に弥市と信三が息を呑んだ。

「なるほど……旦那……それはいい手がかりです」

弥市はもう一度千太郎から文を借り、今度はじっくりと匂いを嗅いだ。

「あれ？」

怪訝な顔をする。

そこに、店の表から大きな声が聞こえてきた。

女の声である。

全員がなにごとか、という顔をして見合わせた。

信三がちょっと見てきましょう、と表に向かった。弥市も一緒に立ち上がる。

表では、若い女がしきりに叫んでいる。

「朱鞘のお侍さまはお帰りになりましたか？」

「……はて。あなた様は？」

弥市が女の前に立って訝しげな顔で訊いた。

「説明は後でいたします。私の主人を助けていただきたいのです」

「主人？」

「はい……」

大きな目が真剣である。

ふっくらとした頬に見覚えがあった。

「お前さまは……お客さんではなかったですかい？」

相手は若い女。権柄《けんぺい》ずくな態度は取れないと弥市はやさしく尋ねると、

「はい……そのとおりです……」

女の言葉に、弥市と信三は驚愕する。

「こちらの小僧さんになにか文を渡した者がいました。じつは私と主人はその男の後を尾行したのでございます」

「なんですって！」

さらに、この戸田屋ではなにか異変が起きているのでしょう、そのためにあの朱鞘のお侍や、ご用聞きの方たちが集まっているのではないか、と千里眼のような台詞《せりふ》が続いた。

極めつけは、次の言葉だった。

「主人が、後をつけた男に捕まってしまったのです。お助けください！」

弥市は信三と目を合わせて、

「わかった、ついて来なせぇ」

娘を千太郎に会わせる決断を下したのである。

千太郎の前に出た志津は、感動している。ようやく由布姫が心を奪われた侍と顔を合わせることができたのだ。

だが、いつまでも浮ついた気持ちでいるわけにはいかない。志津は、戸田屋に来たときの頃から話を始めた。

目つきの悪い色黒の男が、小僧に結び文を渡した。それを不審に感じた由布姫と志津は、男の素性を知りたいと考え、後を追った。

佐賀町まで行ったときに、志津は怪しい雰囲気を感じたが、由布姫は自分に異変が起きたら、戸田屋にいるお侍に助けてもらえ、と語った……。

じっと話を聞いていた弥市が、まず志津に問う。

「しかし、どうしてお前さまたちがそんな危ないことに踏み出したんです？」

「それは……」

志津は口ごもりながらも、

「私の主人は、そのような探索が大好きなのです。それはもう病気のようなもので、供をしている私が止めることができません」

その言葉に、千太郎はにやりとしながら、

「どうやら、おふたりは私を探していたらしい」

と呟いた。

志津は目を丸くして、そんなことはありません、と答えたが、あまり力はない。

「まぁよい。なぜ私を追いかけるのか、その理由は聞かぬが、そなたのご主人の探索好きが助けになりそうだ」

「しかし……若い娘がふたりも捕まっているのですよ」

信三が年老いた顔を不安気にする。

「なに、心配はいらぬ。この文には女には傷をつけぬと書いてある。もっともここでいう女とは戸田屋の娘、お妙さんのことだろうが……」

「わざわざそんなことを書くのは、かえって怪しくはありませんかい？」

弥市が心もとない顔をする。

「いや……おそらくは大丈夫だ」

「その根拠はなんです？」

千太郎は、にやりと笑いながら、

「この紙だ……匂いだ」

と答えた。

「……意味がわかりませんや」

首を傾げたのは、弥市だけではない。信三も志津も怪訝な目つきで千太郎を見つめる。だが、戸田屋だけはなぜかぼんやりと、あらぬ方向を見つめていた。

千太郎はそんな戸田屋に目をやりながらも、志津に問う。

「ところで、おぬしたちの名をまだ聞いておらぬが？」

「はい……私は志津と申します。主人は、ゆ、雪《ゆき》といいます」

「お雪さんとお志津さんか……武家のようだが？　まぁそのあたりは詳しく聞かぬほうが良さそうだ」

半分笑いながら語る千太郎に、志津は冷や汗をかいている。まさか自分たちの本当の身分を明かすわけにはいかない。

だが、千太郎の悩みなどまったくなさそうで、のびやかな顔を見ていると、つい本性を現してしまいそうになるから不思議だった。

「あの……」

志津がおずおずと千太郎に目を向けた。

「あぁ、私か。私の名は……姓は千。名は太郎じゃ。だがな」

そこでにやりと子どものような目つきをすると、

「じつは本当の名を忘れてしもうた」

わははと屈託なく笑ったその顔に、志津は由布姫ならずとも、このお方には他人を惹《ひ》きつける力がある、と心で呟いていた。

六

だが、志津は少し首を傾げた。

千太郎という名は、名字はともかく由布姫の許嫁と同じ名前である。まさか目の前の人がその稲月千太郎君だとは考えられない。

自分が誰かも忘れてしまっているという言葉もどこか胡散《うさん》臭げである。

千太郎君がいま頃、どこでなにをしているのかは知らないが、江戸にいるとは聞いたことがなかった。

おそらく偶然の一致だろうとは思うのだが、目の前にいる高貴な香りを漂わせている雰囲気から、志津は胸騒ぎを覚える。

「お志津さん、どうしました？」

信三が年寄りらしく、穏やかに問う。

「あ、いえ、ゆ、雪さまが心配で……」

「そうだろうなぁ」

弥市も、同情の目を向ける。

「とにかく、佐賀町に行こう」

千太郎は立ち上がった。

「お雪さんを助けねば。それに、脅迫状を渡した男がいるとしたら、そこにお妙さんが隠されていると考えられる」

「あの……身の代金はどういたしましょうか？」

戸田屋が恐る恐る訊いた。

「必要ない。手ぶらでかまわぬ」

「しかし……」

「だまってまかせておけ」

千太郎は、胸を叩いた。

弥市は、まるで芝居じみていると薄笑いをしたが、千太郎がやるとどこか様になっているから不思議である。

「では、お志津さん。佐賀町のどこか教えてもらいましょう」

「私も一緒に行きます」

「しかし、それは危険だ」

「雪さまがひとりなのです。主人が捕まっているのに、私がここで待っているわけにはいきません」

そのとおりだ、という千太郎の言葉に、弥市と信三は仕方なく同調した。

戸田屋も一緒に行きたいと申し出たのだが、弥市が強行に反対をした。足手まといだというのである。

「心配はいらねぇ。きっちり娘さんを助けてくるからな」

弥市は、口から泡を飛ばしながら説得をした。

「わかりました……」

ようやく得心顔をする戸田屋を残し、千太郎と弥市、信三は志津の案内で佐賀町に向かおうとした。

と、千太郎は信三を呼んで、耳打ちをした。

「え……?」

信三が不審な顔をする。

「頼みます。これは大事なことなのです」

「はぁ……」

信三は、眉をひそめながらも、わかりやした、と答えた。

「信三さんにもここに残って大事な仕事をしてもらう。佐賀町に行くのは、私と弥市親分だけだ」

千太郎は、すたすたと歩き始める。

慌てて志津は、こちらですよ、と声をかけた。


由布姫は、納屋のような場所に押し込められていた。

志津が、男は尾行に気がついていると尻込みをしたが、由布姫はもし自分に異変が起きたら、戸田屋にいた朱鞘の侍に知らせるように頼んだ。

少々の危険もじゃじゃ馬姫には、冒険なのである。加えて、腕には自信があった。

男が急に曲がり角から姿を消した。

慌てて由布姫は志津にここに残れ、と伝えて追いかけた。男が消えた角を曲がった瞬間、当て身が飛んできたのである。

そして気がついたら、いまのところだった。

粗末な小屋なのだろう、板の隙間から光が入る。その明かりでそばに娘がいるらしいとわかった。

ふたりとも縄で縛られるような乱暴はされていない。

「そなたはどこの者です？」

つい武家言葉になり、はっとしたが、娘は驚きもせずに、

「あなたは？」

弱々しい声で応対する。

「怪しい者ではありません。色黒の男をつけて来たのですが」

「そうですか……」

「知り合いですか」

「いえ……」

「どうしてこんなところに監禁されているのです？」

「さぁ……私もよくわかりません。昨日の昼過ぎ、両国の広小路を歩いていたら、突然、手を引っ張られ、途中から駕籠に乗せられたのです。連れて来られたのがこの場所でした」

「あなたの名は？」

「戸田屋の娘、妙です」

「まぁ……連れて来られた理由に思い当たることはないのですか？」

「……まるでありません」

「誰か男に横恋慕《よこれんぼ》されているようなことは？」

「さぁ……そのようなことはないと思います」

「そうですか」

話が嚙み合わない。

妙は、ふっくらした体形をしている。暗闇ではないため、顔から全体が見える。それほど美人とはいえないだろう。

おそらくは、身の代金目当てだろうと、由布姫は考える。

しかし、それにしては見張りが手薄である。

「ずっとここに監禁されていたのですか？」

「はい」

「見張りは？」

「さぁ……昨日からあまりほかの人を見たことがありません」

「逃げようとしたら逃げられるかもしれませんよ」

「……」

妙は、体を動かすのが苦手なのか、

「乱暴は好みません」

と嫌そうに答えた。

「しかし、いつまでもこんなところにいるわけにはいきませんよ」

「誰かが助けに来てくれると思いますから」

「心配ないと？」

「はい」

そうですか、と由布姫は答えたが、しっくりこない。それに監禁されていたにしては顔や手がきれいなのだ。

このような境遇に陥ったとき、普通の娘なら泣いたりわめいたりするのではないだろうか？

しかし、目の前にいる妙の顔は腫れてもいなければ、涙を流したふうもない。

しかも、きちんと膝を揃えて正座をしている。

由布姫は不審を覚えた。

「妙さん……」

「はい」

「あなた、最初はほかの場所に連れて行かれたのではありませんか？」

「え？」

妙の目が泳いだのを由布姫は見逃さない。

「あまりにもあなたが落ち着き過ぎてます」

「……そんなことはありません」

「いえ、ありますよ」

由布姫は、お妙のそばににじり寄る。

「この監禁やかどわかしは、狂言ですね」

「……なにをおっしゃいますか」

「違うといいますか？」

目がきつくなり、言葉は鋭さを増した。さらに、姫としての威厳が妙の心を揺さぶり始める。

「嘘をおっしゃい！」

「…………」

決めつけられて、妙は手を握り締めた。

「あなた様は何者です？」

「そんなことはどうでもいいのです。どうして狂言などをしたのです。その理由を教えてくれたら、助けることができるかもしれませんよ……」

最後はそれまでの強い口調とは異なり、おだやかに尋ねた。

七

妙が、心を決めたのか口を開こうとしたとき、外から怒号が聞こえた。

「お妙さん！　助けにきたぜ！」

由布姫には耳慣れぬ声が聞こえた。

次に女の叫び声。

「ゆ……お雪さま！」

お雪さま？

由布姫は誰だろうと首を傾げる。

呼んだ声は確かに志津であった。

としたら……。

由布姫は気がついた。本名を呼ぶわけにはいかないために、戸田屋に集まっている人たちには、雪という名前を教えたのだろう。

「志津です！　助けに参りました！　お雪さま！」

必死で自分は志津のままだ、と訴えている。

由布姫は、志津の知恵に笑みを浮かべて、

「ここです！」

と叫んだ。だが、こちらの声が聞こえているようすはない。

どうやら、この小屋のすぐそばに母屋《おもや》があるらしい。志津たちはそこに踏み込んだようだった。

突然、ぱちぱちという音が聞こえてきた。

「火事です」

襲われたほうの誰かが、火をかけたらしい。

この小屋まで飛び火でもしたら大変だ。

「志津！　こちらですよ！」

由布姫が叫ぶと、妙のそわそわが激しくなった。

狂言だとばれたら困ると思ってのことだろう。

「色黒の男は何者なのです」

由布姫の問いに対して、お妙は首を振る。

「本当にその人のことは知らないのです」

「狂言を書いたのは誰なのですか？」

「それは……」

妙は言い淀んだ。

「いまさらなんです。ここではっきりしておかないと、後でおかしなことになりますよ」

「はい……」

頭ではわかっているのだろうが、実際にどうしたらいいのか判断ができずにいるらしい。

由布姫は、妙に向かってしっかりしなさい、とどやしつけて、

「ここから出る方法は知らされていないのですか」

「錠前がかかっています。あなた様がどうして尾《つ》けて来たのかわからぬから、一緒にいて目的を訊き出すようにいわれていました」

「そういうことでしたか」

「だけど……」

錠前はその男が持っている。

その男がいなければここから外に出ることができない、と妙ははぁはぁと荒い呼吸をしながら答える。

「母屋には誰がいるのです」

「あの男と、その仲間がいます」

「仲間がいたのですか？」

「兼助《けんすけ》というあの男が連れてきたのです」

「身の代金を要求されていることを知っていますか？」

「兼助から聞かされて驚いたのです。最初の計画ではそんなことはしないという話でしたから」

「いまさら仕方ありませんね。とにかくここに私たちがいることを外の人たちに教えなければ」

由布姫はそういうと、小屋を見回した。

隅に水が入ったままの瓶《かめ》があったのを見て、そばに寄っていく。

ひとりでは抱えることはできないほどの大きさである。

「そっちを持ってください」

妙は、怪訝な目をしながらも、由布姫が抱えようとした水瓶に手をかけた。

「いいですか、これを倒します」

かけ声をかけながら、羽目板のそばまでずらして、倒した。

水が外に流れていく。

「誰か気がついてくれたらいいのですが」

由布姫が呟いた。

外からは、喧嘩のような声が聞こえてくる。だが、火事のような音は消えていた。

弥市はしもた屋ふうの家のなかに入り込んでから、周囲を見回した。

家といってもいくつもの部屋があるほど広い家ではない。おそらく三部屋程度だろう。そこで、ふと疑問を感じ、となりに続く千太郎に話しかけた。

「旦那……人を監禁しているにしては狭い家です」

「私もいまそう感じていたところだ」

「お雪さんたちはほかの場所に？」

「私は外を探してみる」

千太郎は、そのまま外に戻っていった。

家のなかで弥市はひとり取り残されてしまい、心細く感じたが、すぐそんな気持ちは吹っ飛んだ。

横から着流しの男が跳びかかってきたからだ。

弥市は横っ飛びに転がりながら男から逃げると、すぐ立ち上がり、組み付こうとする相手の肩に十手を叩きつけた。

ごきりと嫌な音がして、男はその場に蹲《うずくま》った。

「お妙さんはどこだ？」

弥市は体勢を整えて、十手を男の目の前に突きつけた。

「ふん……」

男は、ふてくされたまま弥市を下から睨みつける。

がたりと、奥のほうから音が聞こえてきた。新たな敵が出てくると弥市ひとりでは太刀打ちできなくなるかもしれない。

それに、この家のなかには娘たちはいない、と判断した。

岡っ引きの勘のようなものだ。

音から逃げるように外に出ると、千太郎が手招きしている。

家の横側から奥に入れるような小さな道があり、そこから顔を出して弥市を呼んでいたのだ。

弥市は、駆け足で千太郎のそばまで行った。

「親分、水が流れてきている」

地面を見ると、雨が降ったわけでもないのに、ちろちろと水が流れていた。

「この水は古い」

「え？」

「腐った匂いがするだろう」

そういわれてみたら、確かに川の腐った臭気のようなものが漂っていた。

「この奥から流れてきたようだ」

千太郎が小さな水の線を辿っていくと、中庭に続く曲がり角に小屋があった。

「あそこからだ」

千太郎は小屋に駆け寄った。

「お助けください！」

女の声が聞こえた。

戸を開こうとしたが、錠前には鍵がかかっている。

弥市は、体当たりを数度試みた。

ばりっという音がして、羽目板がはがれた。

ふたりでそれを引きはがすと、人ひとりが抜け出せる程度の穴が開いた。

なかにいる人の顔が見えた。

「妙さんですね！」

弥市が声をかけると、後ろから、私が妙です、という答えが聞こえてきた。

「あなたは……お雪さん？」

高級そうな衣服を着た娘が、一瞬、逡巡しながら、

「そうです……志津はいますか？」

弥市は後ろを振り向きながら、志津を呼んだ。

ばたばたという足音がして、志津が飛んで来る。羽目板から見える顔を見つけると、
ぱっと目が開いた。

「ゆ……雪さん！」

志津の後ろから、体の大きな男と、色黒の男ふたりが姿を現した。

千太郎がふたりの前に進み出た。

「お前たちは、狂言かつぎの片棒か」

ふたりは皮肉そうな顔をした。

「ははぁ……どうやら、ただの狂言が本当のかどわかしに変化したということらしいな……どうだ？」

色黒の男が頬を歪ませながら、

「ふん……ただの狂言に付き合ってもつまらねぇからなぁ。どうせなら、本当のかどわかしにしてやろうとしただけさ」

「もともとの話はどういうものだったんだい！」

弥市が叫ぶと、千太郎がそれはこうだろう、と話を始める。

「あの結び文の匂いは、戸田屋の体からかすかに匂っていた。戸田屋自身がそのようなものを使ってる様子はなかった。とすると誰がその匂いを持っているのか……内儀だろう」

「ふん……」

「内儀はいま頃、信三親分に諭《さと》されている頃だ……」

その言葉に弥市がなるほど、信三親分をおいてきたのは、そういうことだったのかと得心する。

「内儀に頼まれたか、娘の妙さんも初めから狂言の役者として演じていたのか？」

千太郎は、振り向き妙を見つめる。

「はい……私も……」

妙は、沈んだ声を出した。

「家族の女たちが戸田屋の銀次郎をこらしめようとしたのか？」

「はい。お父つぁんの道楽がひどいので、それをたしなめようと考え出したのがきっかけでした。それがこんなことになるとは」

「悪党を仲間にしたのが、運のつきだな」

弥市が、口を尖らせる。

「お妙さんは、身の代金のことは知らなかったのだな？」

「はい、さっきお雪さんから聞いて、驚きました。ちょっとお父つぁんを困らせるだけのつもりだったので」

「困らせてどうするつもりだったのだ」

「…………」

「……女遊びか」

お妙は小さく、はい、と答えたそのとき、

「死ね！」

大柄の男が、千太郎めがけて飛び込んだ。

「おっと……」

あっさりと、千太郎はそれを躱《かわ》すと、

「やめておけ。喧嘩は慣れているようだが、私には勝てない」

「うるせぇ！」

男は、懐から匕首《あいくち》を取り出した。

腰を下ろして構えると、そのまま千太郎にぶつかるように突っ込んできた。

千太郎は、刀を抜かずに体を斜めにすると、数歩前にそのまま進んだ。まるで水の上を歩くような滑らかさだ。

あっという間に、男の体の前にぴたりとつき、柄《つか》で男の鳩尾《みぞおち》を突いた。男はその場に呻《うめ》きもせずに倒れ込んだ。

「だからやめておけというたになぁ」

のんびりした声に、由布姫は、

「さすがです」

と思わず声を上げていた。

色黒の男が逃げ出そうと動いた。

弥市が十手を投げると、頭に当たった。

痛ぇとわめいて色黒の男は崩れ落ちた。

弥市は、そこの自身番に行って、町役《ちょうやく》を連れてきます、とその場を離れていった。

「お雪さんというたな？」

千太郎が由布姫の前に進み出て、問う。

「はい……」

由布姫は、顔を上げることができない。

「危ない真似をしたものだ」

「でも……」

「うら若き娘が危ないことをするものではない」

ぴしりという千太郎に、由布姫は思わず、

「はい、以後は気をつけます」

「見れば武家の娘。それもかなりいいお家の息女と見たが……」

かすかに千太郎の眉に怪訝な色が浮かんだ。

「あ、いえ、そのような者ではありません」

「……まぁよい、以後慎みなさい」

最後は、涼やかな声で千太郎は由布姫を見つめる。

「あ……」

由布姫は、返事ができずにただ顔を下に向けている。

志津が由布姫のとなりに立った。

「あの……あなた様はどちらの？」

「ん？　私か。姓は千、名は太郎じゃ。山下の片岡屋というところに居候しておる。なにかのおりには訪ねてくるがよいぞ」

まるでどこぞの殿さまのような態度に、志津はむっとした顔をするが、その気品ある態度は、周りを包み込むような力があった。

「そのうち今日のお礼に……」

「礼などはよいから土産がほしいな」

「土産？」

「私は片岡屋で目利きをしておる。だからな、なにか珍しい品物が一番の土産なのだ」

あははと千太郎は屈託のない笑いを見せた。

八

それから三日後――。

由布姫は、飯田町の下屋敷の座敷にぼおっとした顔つきで座っていた。

「姫さま……」

「ん……なんじゃ」

「お加減がお悪いので？」

「そんなことはない」

「先ほどからため息ばかり……」

「ふむ……」

「わかります。あのお方に会えたことで気が抜けたのでございましょう。あの者は姫さまに偉そうで、横柄で、生意気な口をききました……」

「うん」

「あんな無礼な男など、もう会う気もありませんでしょう？」

「あ……な、なんと申すか！」

「おや、やっとお元気に」

「……そなたわざとそんな言葉を吐いたのか」

「はい」

しれっとした顔で、志津はにやついている。

由布姫は、はぁと息を吐き出すと、

「志津……いまは何時です」

「そろそろ昼九つを過ぎた頃かと」

「では、行きましょう」

「どこにです？」

「決まっておる、上野山下です」

「片岡屋ですね」

「もちろんです」

「はい」

ふたりは立ち上がった。

由布姫と志津が屋敷を抜け出そうとしている頃――。

片岡屋の離れで、千太郎が歪んだ茶器をながめていた。

そばで弥市が、首を傾げている。

「こんなひしゃげたような形をしたものがそんなに価値があるんですかい？　とてもそんなふうには見えませんがねぇ」

「これはな、織部《おりべ》という茶器だ」

「織部？」

「千利休《せんのりきゅう》は知っておるだろう」

「へぇ、会ったことはありませんが」

「会えるわけがあるか……まぁよい。その弟子に古田《ふるた》織部という人がいたのだ。その人が作ったとされる」

「へぇ……その古田さんとはどんな人なんです？」

「また親しげな……古田織部は大名だ。戦国からそれ以降にかけてのな。この形を考案して、大人気を博した山城の国の藩主だ」

「いまはどこにいるんです？」

「親分……頭は大丈夫か？」

「へ……」

千太郎が手にしてる茶器は、もちろん戸田屋からの戦利品である……。

戸田屋は、内儀と娘にとっちめられたらしい。

兼助という男と、大柄な男は内儀が出入りの植木屋に頼んだら連れてきたという。

最初は大人しく、手を貸すということだったのだが、ふたりは、どうせならと、身の代金を要求することにした、という話であった。

戸田屋は、ふたりに対しては不問にしてくれ、と弥市に頼み込んだ。

「私の不徳が原因ですから」

と頼まれ、弥市は手柄をひとつ失ったのである。

戸田屋は、これからは、女遊びはやめていま以上商売に力を入れる、と頭を畳にこすりつけたという。

一歩間違えたら、大変なことになっていたはずだ。

それを鮮やかに解決してくれた、ということで、戸田屋は千太郎にお礼としてこの織部の茶器を渡してくれたのである。

片岡屋は、それを見てこれはいい値で売れる、と喜んだのだが、

「これは当分私の座敷に飾っておく」

千太郎が部屋に持ち込んだのである。

弥市は、茶器などには興味がないので、歪んだ置き物にしか見えない。

だが、千太郎はずっとそれを撫でながら、

「これはいいなぁ」

とひとり悦《えつ》に入《い》っているのであったが……。

片岡屋が離れにやってきた。

「どうした、そんな難しい顔をして」

「千太郎さん、あなた様、なにをしたのです？」

「なに？」

「外に町方《まちかた》が来ています」

「なんだって？」

千太郎は、弥市を見た。

「さぁ……あっしはまったく知りませんが」

片岡屋は、苦々しい顔をしながら、

「町方をわずらわすようなことをしたなら、いつまでも置いておくわけにはいきませんなぁ」

「私は、そのようなことはしておらぬぞ」

「では、どうして五人も来ているのです」

「五人も！」

「ものものしいではありませんか」

千太郎は織部を床の間に置くと、

「しょうがない。ここに通すしかないな」

弥市は、誰が来たんだろう、と首を傾げている。

「親分は隠れていてくれ。いざとなったときに顔を出すのだ」

「へぇ……」

怪訝な顔つきで弥市は、次の間に控えることにした。

片岡屋が、役人五人を連れてきた。

座敷に入ると、五人が千太郎を取り囲むような形になった。

「えい！」

いきなり、一番若い同心が千太郎に斬りつけて来た！

第二話　船宿高田屋

一

いきなり抜刀して斬りつけてきたのは、若い男だったが、太刀筋は鋭かった。

「きえ！」

斬りつけてきた手首に見えた黒子《ほくろ》が怪しい。

千太郎は、とっさに座ったまま体を左に捻り、脇差を抜いて相手の切っ先を跳ね返した。

カキン、という音がした。

相手は、それでも跳ねられた刀の位置そのままに、袈裟《けさ》に斬りつけてきた。

千太郎は、片足だけ膝立ちになり、すすっと前に進んで、

「なにをする！」

相手の腕を取り、手刀で手首を叩いた。

「う……」

男は、耐えられずに刀を取り落とした。

「お見事!」

後ろで一部始終をじっと見つめていた年配の男が手を叩いた。

「なんの戯《たわむ》れだ」

元に座り直した千太郎に、怒りの声はないが、目は鋭く相手を射ている。

「おみそれいたしました」

五人全員が手をついた。

「私の腕を確かめたか」

「ご立腹は当然のことと存じます。これには訳がありまして」

「訳がなくこのようなことをされてはかなわぬからな」

嫌味ではなかった。

「その訳を聞く前に、おぬしたちは何者だ。町方というのは嘘であろう」

次の間から出てきていた弥市は、千太郎の言葉を聞いて五人を見渡した。

全員、黒い羽織を着ているが、十手を持っているわけではなさそうだ。町方同心としては、佇《たたず》まいがおかしい。最初見たとき、顔なじみがいない、と不思議に思ったが、それも当然だったらしい。

「なにゆえ、町方などと偽りを申したのだ」

「そうでもしなければお会いできないかと考えまして」

「そんなことはない。私は骨董目利きだ。なにか品物を持ってきたらいつでもどこでも会える」

「そうでございましたな」

年配の男は、悪びれない。

「……ご無礼の段、ひらにご容赦を」

千太郎は眉も動かさない。

「……じつは、ここにいるのは私の子どもふたりと、その従兄弟《いとこ》です」

自分の名は、兵藤六右衛門《ひょうどうろくえもん》。長男が長太郎《ちょうたろう》、次男は、次之助《つぎのすけ》。従兄弟は年上が良二郎《りようじろう》で下のほうが義三郎《ぎさぶろう》、と紹介した。

千太郎に斬りかかったのは、長男の長太郎だった。

いきなり全部は覚えられぬ、と千太郎は苦笑しながら、

「しかし、どうして私のところへ？」

「片岡屋には、めっぽう腕のたつ目利きがいると噂を聞きまして」

「ほう……私の腕を試してどうしようとしていたのだ」

「できましたらお手伝いをしていただきたく……」

「手伝い？」

弥市は、口を挟まずにじっと聞いているが、心の内では、いい加減にしろと叫びたい。そんな思いが表情に出たのだろう、六右衛門は、弥市に目を向けると、

「このようなおかしな話を持ち込んでしまい、親分さんにもご迷惑をおかけして申し訳ないと思う。もう少しお付き合いを願いたい」

「あ……へぇ」

いきなり声をかけられて、弥市は頭を掻いた。

六右衛門がかすかに頬を動かしたのは、笑ったのだろう。

「さて……千太郎どの」

目つきがまた鋭く変化した。

「これから述べる話はあまり公《おおやけ》にはしたくないので、ここだけの話と思って聞いていただきたい……」

「ふむ」

千太郎は横柄に頷いた。

六右衛門の話によると、兵藤家は家康に従って関ヶ原に出陣したほどの力を持っている名家。

江戸に家康が幕府を構えるとき、兵藤家の長男は江戸に下《くだ》ってきたが、次男は駿府に残った。

長男の流れを汲むのが、六右衛門であるという。

次男の流れを継承している一家が駿府に住んでいたのだが、近頃、その主人、兵藤富之助《とみのすけ》に江戸詰めの命《めい》が出た。ところが、兵藤家と常に敵対するような立場にいた、丸山三太夫《まるやまさんだゆう》という男が、これに反発。

江戸詰めとして働くには自分のほうが適任だと、上司に詰め寄ったらしい。

だが、結局はその談判は却下され、最初の決定どおり兵藤富之助が江戸に来ることになったのである。

しかし……。

その兵藤富之助が、江戸へ入る前に箱根の山中で殺されてしまったという。

「富之助を斬ったのが、丸山なのです」

「どうしてそんなことがわかったのだ」

「道中、一緒だった丹吾《たんご》という小者《こもの》がいます。その者がそばにいて、見ていたのです。丹吾は命からがら逃げてきて、私に伝えてくれました」

「仇でも討とうというのか」

「そのとおりでございます……」

黙って聞いていた弥市が初めて口を挟んだ。

「兵藤さま……それは少し筋違いではありませんか？　千太郎さんにはまったくかかわりのねぇ話だと思いますがねぇ」

「たしかにそのとおりです」

六右衛門は、大きく息を吐いて困り顔をする。

「厚かましいお願いとは思うのですが……」

六右衛門は、目を細め拳を握っている。

「六右衛門とやら……」

千太郎が、声をことさら低くして告げた。

「そんな話に乗るほど私は暇ではないのだが……ひとつ訊きたい」

「はい」

「目的は仇討ちの助太刀の願いではあるまい。本当はなんだ」

「え……？」

「とぼけても無駄だ。私は江戸一、いや東海道一の目利きだ」

千太郎は、普段とは異なり、きりっとした目を六右衛門にぴたりとつけた。

「……はて、本当になんのことやらさっぱり」

途方にくれた顔つきで千太郎を見た六右衛門に、

「それならよい」

あっさりと引き下がった。

弥市は、その態度に不審を感じる。目配せを送ったが、千太郎は返してこない。

「仇討ちだとしたら、私は手を貸しはしない。そんな面倒なことに巻き込まれるのは嫌いなのだ」

千太郎は、腕を組みながら、

「そもそも、そんな横紙破りのような頼みをしてくるとは、おぬしたち頭がどうかしておらぬか？」

「それも重々わかっております」

「もうよい、帰ってもらおう。いきなり斬りつけられたり、仇討ちの手を貸せと頼まれたり、とんでもない話だ。不愉快である」

「………」

「帰れ！」

とうとう千太郎は大きな声を出してしまった。

「怒らせてしまいましたな。これでは前に進みはしないでしょう。今日のところはここで帰らせていただきます」

六右衛門は、慇懃《いんぎん》におじぎをすると、四人を促して帰っていった。

五人が帰っていくと、弥市が千太郎のそばに寄ってきた。

「旦那……なんです？　あれは」

「わからん。それゆえにかえって気持ちが悪い」

「へぇ……」

「あの仇討ち話は嘘なので？」

「おそらくな」

「では、なんのためにそんな嘘をいいにきたんです？」

「それがわかれば苦労はせん。それにあの長太郎という子どもはともかく、ほかの三人は武士ではないぞ……親分、あの連中がどこに帰るか確かめてくれ」

合点《がってん》、と答えて弥市は十手をしごいて立ち上がった。

二

五人の奇妙な町方が千太郎に斬りつけてきた前日のことである。

空から猫が降ってきた。

雨ならわかるが、どうして猫が降ってきたのか？

大木嘉治郎《おおきかじろう》は、のんびりと空を見上げると、屋根にふんどしだけの男がいて、頭を下げている。

「すみません！　悪さをする猫がいて、そいつをなんとかしてくれと頼まれたもので！」

屋根に上がってきた猫を追い立てたら、足を踏み外して落ちたと叫んでいる。

たまたま、下に嘉治郎がいたということらしい。

「ふ……俺らしい」

嘉治郎は、誰にいうともなく呟いた。

この大木嘉治郎という男は、いかにもどこかから江戸にやってきたか、あるいは帰ってきたばかりという風体《ふうてい》。

周りに寄ってきたものが逃げるのは、埃臭《ほこり》いからだけではないだろう。足袋《たび》は真っ黒だし、着ているものも埃だらけである。

嘉治郎は侍の格好はしているが、浪人である。両親は子どもの頃に亡くなり、小田原にある親類に預けられて育った。

兄弟がいて、兄がひとり。弟がひとり。ふたりとは別々に育てられたのだが、同じ小田原に住んでいたので、ときどきは会っていたために、仲は良かった。

成長してからは、兄は四国のほうにある藩に家臣として雇われ、弟は旗本の養子となって江戸に出た。

嘉治郎だけは、あれこれ我がままをいうせいか、なかなか出仕がかなわず、数年、小田原で浪人暮らしをしていたが、小田原にいても目は出ないだろうと、江戸に出てきたのである。

それに、弟が江戸でなぜか旗本の養子をはずされた、という話を聞いたからである。

なにがあったのか、それを弟に訊きたいと考えたのも、江戸に出てきた要因であった。

江戸の賑わいを見たい、という気持ちもあった。しかし、西も東もわからない。ようやく東海道も終わり、日本橋に着いて、ぶらぶらしているところ、屋根から猫が落ちてきたのであった。

嘉治郎は、その日の宿を決めなければと、周囲を見回し、旅籠《はたご》を探した。駿河町に一軒見つけたが、どうも持ち合わせから考えて間に合いそうにない。

さらにぶらついていると、後ろから声をかけられた。

「旦那……宿をお探しですかい？」

「うん……」

見ると年は三十歳前だろう、着流しをぞろっぺえに着て、腰を屈めながら話しかけてくる。

「なんだ、お前は」

「へっへへ、そう高飛車に出られたんじゃ、恐れ入りやの鬼子母神《きしもじん》ってやつでさぁ」

「なに？」

小田原から出てきたばかりの嘉治郎には、江戸っ子のしゃれは通じない。怪訝な目つきで男を見る。

「おっと……」

男は、剣呑《けんのん》とばかりに数歩後ろに下がった。

「そんな目つきで見られちゃぁ困りますねぇ」

「お前がそうさせたのではないか」

「そんなことはねぇですが、まぁいいでしょう。お侍さん、とにかく江戸は不案内でござんしょう？」

「確かにそうだが……？」

「あっしがいい宿をご紹介しましょう、まぁ、そんなわけでして」

「……お前はどこかの宿の回し者か？」

「回し者とはひでぇなぁ。ちゃんとした紹介者でさぁ」

嘉治郎は、胡散臭げに男を見つめる。

眉をひくひく蠢《うごめ》かせているが、目を見るとそれほど悪人というわけでもなさそうだ。

「あながち悪党ではないらしい」

「へ？　あっしが悪党なら、江戸っ子はみんな悪党ですぜ」

「よく口の回る男だな」

「へっへへ、江戸っ子はそんなもんですよ」

「まぁよい、宿はどこだ」

「では、こちらへ……」

男は、先に歩きだした。

「お前……名はなんという」

「徳之助《とくのすけ》といいやしてね、けちな野郎ですよ」

「仕事はなんだ」

「まぁ、いろんなことをしている便利屋とでも思っていただければ……」

「便利屋だと？」

「ご用の節はいつでも。逃げた猫探しから迷子探しに、逃げた女房探し。植木の手入れから、家の拭き掃除につき米……なんでもござれ、ってやつです」

「人さらいなどもやるのか」

「ご冗談を。そんな手が後ろに回るようなことはしませんよ」

「そうか」

嘉治郎は、笑った。

「旦那……笑うとけっこう愛嬌がありますねぇ」

「……よけいなことをいうな」

「あれ？　照れてますかい？」

あはは、と徳之助は口を開けた。

この徳之助、じつは弥市の密偵、昼寝の徳である……。

三

日本橋は江戸一番の賑わいの場所だ。それだけに、歩いている途中でも肩があたったり、後ろから足を蹴飛ばされたりしながら進んでいく。

「まったく江戸というところは、人が多くて困る。まるで祭りでもやっているようではないか」

「へぇ、まぁ毎日こんなもんですけどね」

「よくみんな、これだけの人ごみを歩いていて疲れぬものだ」

「みんな慣れているんでさぁ」

「そうらしい」

別におどおどしているわけではないが、嘉治郎の歩きかたはやはり江戸ッ子とはどこか異なっているのだろう、すれ違いざまに、邪魔だ、などと叫んでいく職人ふうの男もいた。

嘉治郎は、周りを物珍しそうに見ながら進む。

しばらく無駄口を続けながら歩いていくと、掘割にぶつかり、そのそばに宿らしき建物が見えてきた。

「旦那……あちらです」

看板は、高田屋と読めた。

掘割のそばに、小さな船着場がある。

舟遊びにでも使うのだろう、二隻ほど、屋根船がもやっていた。

「船宿か？」

「まぁ、そんなようなものです」

嘉治郎は、そうか、と答えて、

「では、川べりの涼しい部屋がいい」

「まぁ、聞いてみますが、この時期ですからね、けっこう客がいるらしいんで」

「なければ仕方がない」

徳之助は、とにかく聞いてみますといって先に入っていった。

部屋数は、十部屋あるという。江戸にはなじみのない嘉治郎にはそれがどのくらいの規模なのか、判断はつかない。

嘉治郎が足を洗ってもらっていると、奥で部屋の話し合いでもしていたのか、徳之助が戻ってきた。

「ちょうどいい具合に川を下に見ることができる部屋はあるんですがね」

「そこでよいぞ」

「へぇ……それが、けっこう満杯なんでして」

「どうしろと？」

「へぇ、あいすみませんが、相部屋というのはいかがでしょう。その代わり景色はいいですぜ。大川からその向こう岸までが見渡せます」

「……仕方あるまい」

しぶしぶ嘉治郎は、立ち上がった。

それでも、廊下はきれいに拭かれているし、柱なども光って綺麗である。嘉治郎は満足そうな顔をしながら、

「おい、相部屋の相手はどんな男だ」

「え？　男じゃありませんよ」

「なに？　女か」

「へぇ……まぁそんなところでして」

「むむ……」

嘉治郎は口をへの字に結んだ。それはまずい、という顔つきである。

「男と女が同じ部屋など、困る」

「相手の方はそれでもかまわないと申してますんで、へぇ」

「ふたりきりになるのは、まずい」

「誰が女ひとり、といいました？」

「はぁ？　女は……」

「おふたりさんですよ。姉妹という話ですが」

「……そうか」

嘉治郎の顔は、安心したのかそれともがっかりしたのか、複雑な表情である。

「旦那……まぁ、そんなでよろしく。明日でも、江戸見物のお付き合いをしますぜ……」

嘉治郎は、ふん、と曖昧《あいまい》な応対をした。

部屋に案内をされると、確かに娘がふたりで待っていた。型どおりの挨拶を交わしながら、嘉治郎は姉妹を観察した。

もちろん江戸者ではないだろう。着ているものもそれほど高級そうではない。しかし、古着とはいえ、きちんとした応対ができるところを見ると、生まれ育ちは良さそうだった。

あまり深く追求をして、嫌われても困ると思い、嘉治郎は自分の名を告げただけにした。姉妹は、姉が、奈津《なつ》で妹が美津《みつ》とわかった。

食事のときも、ふたりは物静かであった。

なにを語るともせずに、ゆっくりと食べた。

夜の蒲団は、姉妹が近く並び、嘉治郎は少し離れて敷かれた。

そして——。

木戸が締まり、そろそろ周りの音も消えて、寝静まろうという頃……。

「姉上……」

「なんです」

姉妹の囁き声が聞こえてきた。

「このままではどうにもなりませんよ」

「わかっています」

「そろそろ蓄えもなくなりますし……」

「……仕方ない。この小刀を売りましょう」

「でも……」

「これは家宝です。でも致し方ありません。背に腹はかえられません」

「はい……」

ふたりの深いため息が聞こえてきた。

嘉治郎は、寝たふりをしてじっと耳をそばだてていたのである。

四

弥市が五人組を追って片岡屋の離れを出ると、入れ違いに表から呼び出しがきた。

治右衛門が鑑定してほしい刀があるという。

店表《たなおもて》に出ると、治右衛門が浪人らしき侍とふたりの娘を前にしていた。

千太郎を認めると、これの目利きをお願いしますよ、とひと振りの小刀を差し出した。

「こちらからお持ち込みのものです」

娘ふたりと浪人が頭を下げた。

紫の布袋がそばに置かれてあり、それに包まれていたと思えた。

治右衛門が少し下がって、そこに千太郎が座った。

「はて……」

千太郎は、袋に金糸で描かれた家紋に目を奪われる。

「これは……？」

笹竜胆《ささりんどう》の家紋だった。

「千太郎さん……」

治右衛門が、眉に皺《しわ》を寄せながら、

「気がつきましたか？」

「うむ……まさかとは思うが」

そういって、布袋を手にして家紋を見つめ続け、次に白鞘の小刀に手を伸ばし、刀を抜いた。

「む……」

数呼吸の間、じっと見つめていたが、

「これは偽物だな」

あっさりと吐き出すと、鞘に収めた。

治右衛門が、口をあんぐりと開いたままなかなか閉じずにいる。

「な、なんと仰せになりました」

前に座っていた娘が、怒りの声で迫った。

「これは偽物です。このようなものを世間に広めてはいかぬ」

「なんと、これが偽物だと」

「そうです。この笹竜胆の家紋。これは、源九郎義経《げんくろうよしつね》の家紋を表そうとしていたのであろう。だが、よく見るとわかるが、本来の、九郎どのの笹竜胆とは微妙に異なる。それにこの刀。たしかに業物《わざもの》には違いないが、かすかに曇りがある。普通の目では騙されるに違いない」

「そ、そのような嘘偽りを！」

叫んでいるのは、妹の美津のほうである。姉の奈津はじっと千太郎から目を離さない。

「高額で引き取ってもらおうとしたのだろうが、やめたほうがいい。治右衛門さん。これは取引はなしです」

千太郎は立ち上がると、引き返してしまった。

収まりがつかないのは、姉妹である。

それだけではない、姉妹と一緒に来ていた浪人の顔が真っ赤になっている。

「ご主人、これはどういうことか！　我々を愚弄する気か！」

「あ、いや、そのようなことは……しかし、うちの目利きには間違いがあるとは思えませんので……」

いつもの皮肉な言葉は影を潜《ひそ》めている。

「じつは、私もあのような返答があろうとは」

「どうしてこれが偽物なのだ！　よく見たらわかるであろう。どこに曇りなどがあるのだ！　あのおかしな目利きをもう一度呼び戻せ！」

浪人……大木嘉治郎は泡を飛ばしている。

治右衛門は、しばしお待ちをといってその場を辞して、離れに向かった。

千太郎は、渡り廊下に座って中庭を見つめていた。

「……どういうことです。あれは私の目で見ても本物だと思うが」

「あんなものを買ってはいけない」

「どうしてです」

「あれはおそらく、あの娘たちの家宝。それを手放そうとするにはなにか裏があるはず……。そんなことに巻き込まれては大変なことになる。だから、わざと偽物だと答えたのだ」

「ははぁ……しかし、うちは商売ですからなぁ」

「家が傾くといわれている妖刀だぞ」

「……千太郎さんがいたら大丈夫でしょう」

にんまりとした目つきで、千太郎を見つめた。

「まさか」

千太郎はそう答えると、渡り廊下からひょいと下に降りた。

屋根の影になっているために、光は届かず外よりは涼しさを感じることができる。

「しかし今日は不思議な日だな」

五人組が来たと思ったら今度は、笹竜胆の家紋が描かれた小刀が持ち込まれた。

治右衛門は、首を振りながら、

「それはそうですが……」

不服そうに眉をしかめた。

「あの刀を手にしたら不幸になるという言い伝えがあるのを知らぬか」

「……知りませんねぇ、そんな話は」

「あっさり否定するとはけしからん」

「……偽りなんですね」

その問いには答えず、千太郎は沈んだ顔をする。

「とにかく、今日のところは引き取ってもらえ。あんなものを買ってはいかん」

治右衛門は、しぶしぶ姉妹と浪人が待つ表に戻っていった。


弥市は、慌てて五人組を追いかけた。

だいぶ離されたかと思っていたのだが、人数が多いせいか、それほどでもなかった。

先頭を歩いているのは、六右衛門らしい。

弥市はしめしめ、という顔をしながら付かず離れず五人組の行き先を確かめようと後を尾行した。

一行は、山下から上野広小路に向かっていく。

空を見上げると、太陽は少し西に傾いていた。弥市は、一行は中食《ちゅうじき》を取るのだろう、と推測した。

一膳飯屋に入ったのは六右衛門と、千太郎に斬りかかった若い男だけだった。名を長太郎といったはずだ。

弥市は物陰から、どちらを尾行するか悩んだ末、若い連中のほうが尾行しやすいだろうと、考えた。

六右衛門親子は放っておくことにして、弥市はそのまま若い三人を追いかけ始めた。

広小路から、御成街道に出た一行は、そのまま神田川に向かっているらしい。

三人は、あまり会話をしない。

まるで若者らしくねぇなぁ、と弥市はひとりごちながら尾行を続けた。

空には入道雲が顔を怒らせている。

まだ昼過ぎの太陽は、並んでいる表店の屋根を光らせ道に陽炎《かげろう》を上げ、うだるような暑さを運んでいる。

弥市は、手ぬぐいで首から腕まで拭いつつ尾行を続けた。

神田川に出ると、一行は柳橋を渡り向柳原の土手を進んだ。

柳の木のそばを歩いているのは、少しでも日陰を歩こうとしているからだろう。

やがて三人は、佐久間町河岸に入った。

この辺に材木を扱っている店が多く見られるのは、この街を作ったのが、佐久間某という材木商だったからである。

三人は、表通りから路地を入っていった。

子どもがたらいを出して水を張り、浴びながら遊んでいる。

そばにしゃがんで笑みを浮かべている若い娘がいた。

娘は、三人の姿を見て、立ち上がった。

声は聞こえてこないが、親しそうにしているということは、この辺に住まいがあるのだろうと推量した。

思ったとおり、次之助はすぐそばの木戸を入っていった。残りのふたりは手を振っている。どうやら、別々に住まいがあるらしい。

弥市は、まずはこの辺でやつらはどんな生活をしているのか、それを聞き出すことにした。

さっき次之助と会話を交わしていた娘に話を聞いてみようと、いまきた道を戻った。

娘が水浴びをさせているのは、弟らしい。

弥市は、できるだけ警戒させないような笑みを浮かべて近づいた。

「ちょっと聞きたいことがあるんだけどな」

そばかす顔が弥市を見つめた。十手を出しているわけではないが、子どもにとって見知らぬ大人に声をかけられるのはいい気持ちはしないのだろう。

「…………」

たらいの端を摑んだまま数歩あとずさりをする。

「あぁ……心配はいらねぇ。怪しい者じゃねぇからな」

精一杯の笑顔を見せるのだが、なかなか心は開かない。

弥市は、飴屋でもいねぇか、と周囲を見回すがそんな姿はどこにもない。

「困ったなぁ……そんな怖い顔をされたら……」

すると、たらいに入っていた五歳くらいの男の子が、弥市の顔に水をかけた。

「あ、たたたた！」

弥市は慌てて顔をしかめる。

その格好がおかしかったのだろう、ふたりが笑った。

弥市も一緒に大笑いをした。

それで、娘の心はほぐれたらしい。それまでの厳しい顔つきが少し柔らかくなった。

五

ここは飯田町、由布姫の下屋敷。

座敷から廊下に続く障子を全て開いているのは、暑さ対策だろう。

由布姫は、志津を前にしてため息をつき続けている。

ようやく思い人に会えたのだから、こんなうれしいことはないはずだが、由布姫の顔はどこか憂いを含んでいる。

「姫さま、いかがいたしました。せっかくあのお方に会えたというのに」

「そうですね」

「下谷の山下に住まいがあるということまで判明いたしました」

「そうですね」

「一度お訪ねしたらいかがです？」

「そうですね」

「姫さま！」

志津は、どんと畳を叩いた。

「な、なんです、はしたない」

「姫さまこそ、どうしたのですか」

「困りました」

「なにを困っておいでなのです」

「…………」

「はぁ、あぁ、わかります……」

「そうですよ。私には稲月家の若殿という許嫁がいるのです」

「そうですね」

「勝手なことは許されません」

「そうですね」

「……志津！」

今度は由布姫が、どんと畳を叩き、ふたりは同時にふぅとため息をついた。

ふたりはしばし、無言でいたが、

「姫さま……」

「なんです……その目つきは」

「いいではありませんか」

「なにがです」

「しばしの余興です」

「余興？」

「はい……祝言まではまだ二年という間があります。それまでの余興だと考えましょう。それならば、姫さまがどんなことをしても問題はありません」

「問題はあると思うが……」

「考えていても解決はしません。とにかく出かけましょう」

「この暑いところを?」

「心も暑いのですから、相殺《そうさい》されます」

「たまには、粋な言葉を吐きますね、志津も……」

「はい」

志津は微笑んだ。


それから四半刻後――。

由布姫と志津は、例によって町娘姿に着替えて屋敷から抜け出した。

屋敷内は風が少しは入ってきたのだが、外に出ると無風になってしまったらしい。

汗が噴き出るのを我慢しながら、飯田町から下谷の山下に向かって進んだ。

途中、柳原の土手を進んでいると、かすかに川からの風が流れてくるが、それでも汗を止めるほどではない。

熱波のせいで、ふたりは会話も弾まない。

市ヶ谷御門を過ぎたあたりから、由布姫の足が止まりがちになった。

「姫さま……どうしました?」

「なんとなく気が重いのです」

「どうしてです？」

由布姫は、首をかしげて、

「志津……なにかあつかましくはありませんか？」

「訪ねることがですか？」

「女子の身でありながら、殿御を訪ねるなど」

志津は笑ってしまった。

「まさか姫さまの口からそのような言葉が聞かれるとは」

自分でもそう思うのか、由布姫は苦笑する。

「志津もそう思いますか。じつは私もなにを遠慮しているのだろう、と自問自答していたのです」

「ならばいいではありませんか。思いきって訪ねることで新しいなにかが起きるかもしれません」

「なにかとはなんです」

「それがわかれば、誰も苦労はありません」

「確かに……」

四谷御門に着いた頃には、ふたりとも肩で息を始めていた。

志津は辻駕籠を見つけ、由布姫の顔を窺うと、頷いているので二挺頼んだ。

駕籠は、湯島の聖堂を左に折れて、御成街道を直進した。

突き当たり周辺が下谷の山下である。

武家屋敷はほとんど人通りがなかった。だが、広小路は人が溢れていた。


片岡屋の前に着いた。店に入るとすぐ板の間があり、治右衛門が座っている。

鉤鼻で強面《こわもて》の顔つきはおよそ美術品、骨董を売り買いしている雰囲気ではないが、じっと座っていると、偽物はないだろうと思わせるだけの雰囲気は漂っている。

由布姫は、志津を先に店に入らせた。

志津は、こちらに千太郎さまというお侍はおられますか、と尋ねた。

治右衛門は、じろりと志津を見てから、店の外でそわそわしている由布姫に視線を飛ばす。

「どんなご用ですかな？」

慇懃に訊いた。

志津は、一度由布姫に目線を送ってから、

「私の主人がお会いしたいと申しております」

「ほう、なにか品物でも売りたいと？」

その言葉を聞いて、志津ははっとする。

「あ……あ、はい、じつは、主人が持っている懐剣を目利きしていただきたいと思いまして……」

「なるほど、まずは私が」

治右衛門は、ふたたびじろりと目を動かした。

志津は、少しお待ちください、と答えて由布姫のところに戻り、いまの話を伝える。

「なんですって？　私の懐剣の目利きを？」

「そうしないと会わせていただけそうになかったのです。いいではありませんか、懐剣のひとつやふたつ」

「まぁ……」

呆れ顔をする由布姫だが、最後は仕方がない、と頷いた。

「確かに、なにか土産があったほうが話は進めやすいでしょうからね」

「そうです、そうです」

志津の答えに、由布姫は苦笑する。

とにかく店のなかに、という志津に連れられて、由布姫は治右衛門の前に立った。

普段からあまりじろじろと見られることのない由布姫だが、治右衛門はぶしつけな目を送ってくる。

そんな目線には負けずに、由布姫も睨み返した。

「ふふ……気の強そうなお方で」

治右衛門は、肩の力を抜いてこちらへどうぞ、と誘った。

由布姫は上がらずに、板の間の縁に腰を下ろした。志津は後ろに控えている。

「では、拝見いたしましょうか」

治右衛門は、慇懃に手を出した。

「……千太郎さまに鑑定してもらえるのではないのですか」

「あの方が観るのは、難しい品物です。懐剣なら私で十分でございます」

由布姫は、そうですかと答えて帯に挟んでいる懐剣を取り出し、治右衛門に手渡した。

その瞬間、治右衛門の顔色が変わった。

「こ、これは……」

袋だけで中身を見たわけではない。それなのに、治右衛門が目を細めたのを知って、由布姫はほくそ笑んだ。

両の掌を上に向けて、懐剣を乗せている姿は、仰々《ぎょうぎょう》しいがそれだけ大事なものだと看破していると思われた。

「失礼いたしました。千太郎さんを呼んできます」

治右衛門は、板の間から下がっていった。

志津は、慌てて袋を点検する。

「まさか……姫さま、家紋などが……」

「それは心配いりません」

「よかった……しかし、あの治右衛門という主人も、袋を見ただけで……」

「目が利く者にはわかるのでしょう」

「はい……」

やがて、静かな足音が聞こえてきた。

六

水浅葱色に市松模様をあしらった着流し姿の千太郎がふたりの前に姿を見せた。普通ならきざに見えるのだろうが、千太郎にはよく似合っている。

由布姫が、かすかに頬を朱色に染めたのを、千太郎は気がついているのか、いないのか、いつものどこかきりっとしたところのない顔つきである。

志津はそっと由布姫の顔色を窺いながら、

「千太郎さんですね」

「いつぞや会ったな」

「その節はありがとうございました」

「いや、私はなにもしておらぬ」

「ご謙遜を」

志津と千太郎のやりとりを由布姫は、俯きながら聞いている。

千太郎は板の間に静かに座ると、絹の紫に包まれた懐剣を手にとった。

「ほう……」

目が細くなり、にやりとする。

「このような優れ物をお持ちの方がどうして売ろうとするのだな?」

「あ……それは、あの……」

しどろもどろになった志津に、

「どうした。売ろうというのではないのか」

千太郎が怪訝な目つきをする。

「いえ……それは、あぁ、それはあの、見本でございます」

「見本？」

「はい、それは売れないのですが、それに似た品物が数多くあるのですが、果たしてどの程度の値打ちがあるものなのか、それをまずは知りたいと思いまして、まかりこした次第であります」

志津の言い訳を聞いている千太郎の顔は、微笑んでいる。

「ほう……そういうことか」

呟いていたが、最後は口を開いて笑った。

「今日はいろいろおかしな人たちが集まる日だ」

由布姫にしても、志津にしても千太郎の言葉の意味を測れずにいる。

「なに、気にせずとも良いぞ」

人を使うことに慣れている、と志津は目の前に座っている侍の顔をじっと見つめながら、

「あの……千太郎さまは、ご自分のことが誰かもわからぬ病だとか？」

「そうなのだ。だからな、千太郎という名も偽名なのだ」

「そうでございましたか」

答えながら、志津は由布姫に目で合図を送る。

千太郎という名だけが同じで、稲月のお家とは関わりはなさそうだ、という意味を込めた目つきだった。

それに気がついたのだろう、由布姫は複雑な表情を浮かべている。


そこに、弥市が調べを終えて帰ってきた。

「千太郎の旦那……ちょっとお話が……」

わけありの目をした。

弥市の後ろには徳之助が控えていた。

千太郎は、ふたりの真剣な目つきになにかを感じたのだろう、由布姫と志津に目を向けると、

「今日のところはこれで」

かすかに頭を下げた。

志津は仕方がない、と戻ろうとしたが、由布姫はこのままでは帰ることはできない、

と粘ったのである。

「この懐剣は私が普段持ち歩いているものです。それを鑑定してもらいたいというのに、中途半端ではありませぬか」

強気の由布姫が戻ってきた。

「……これはかなりのものです。私には急用ができたので、店の主人に鑑定を頼みましょう」

「あなた様でなければ困ります」

「困るといわれても」

千太郎は、途方に暮れる。

「お雪さんといったな確か」

「……そうです」

「町娘の格好をしてはいるが、おそらくは武家の方でしょう。所作を見ていたらわかる。今日のところはここで引き取りなさい。また後日ゆっくり鑑定してあげます」

千太郎は、静かに告げた。

だが、お雪こと由布姫は引き下がらない。

「いいえ、こちらはご用聞きですね。私は女同心なのです」

「はぁ？」

「隠れ同心です」

「なんと？」

「世を忍ぶ密偵です」

「………」

千太郎は呆れている。

それ以上に、志津の顔が真っ赤になっていた。

「ゆ……雪さん……恥ずかしいからもう帰りましょう」

「志津……なにをいいますか。私が女隠れ同心なのを知っているのは、お前だけです。とうとうここで正体をばらしてしまいました。このままで帰るわけにはいきませんよ」

由布姫は本気ともなんともつかぬ笑いを見せて志津の反応を探っている。

志津はどんな応対をしたらいいのかわからずに、呆然としているだけである。

だが、千太郎は引かない。

「今日のところはこれでお帰り願おう。そうしないと、話がこじれる」

「なにがこじれるのです？」

「親分がある事件の種をみつけてきているはずだ。それをこれから聞かねばならんのだ。だから……」

「ですから、私は……」

　由布姫は、どうしても自分を密偵かなにかにしたいらしいが、千太郎には通じるわけがない。

「では、後で会いましょう。暮六つ、下屋の広小路に、茶話という店がある。そこでどうかな？」

「茶話……ですね」

　由布姫は、ようやく微笑んだ。

　ふたりが、店から離れると、今度は嘉治郎の姿が見えた。

　弥市のそばにいる徳之助の顔を見て、驚きの声を上げる。

「おぬし……」

「おんやぁ？　旦那どうしてここに？」

「お前こそ……」

　千太郎は、立ち話はやめよ、と離れに連れて行くことにした。

七

徳之助は、嘉治郎を不思議な顔で見ている。

「旦那……どうしてここへ?」

「そういうおぬしこそ、なにゆえ、このような場所にいるのだ?」

お互いが腹の探り合いをしている姿を、弥市が笑いながら見ていた。

弥市は、徳之助から嘉治郎を船宿、高田屋に連れて行った話を聞いていたから、ふたりがここで鉢合わせをしてもそれほど不思議ではないと告げた。

高田屋と徳之助は、客を連れて行くと、小遣いをもらえるというつながりがあるのだった。

嘉治郎には、弥市と徳之助は知り合いだと告げた。

だが、嘉治郎はただの知り合いではなさそうだ、と皮肉な顔を見せて、

「……密偵か」

「おっと、その言葉は御法度《ごはっと》ですぜ……」

弥市が嘉治郎を制すると、それはすまぬ、と頭を下げた。徳之助の正体がばれてし

まったことになるが、この際仕方がない。

嘉治郎は徳之助が弥市の手下だと知ってもそれほど驚いているようではなく、表情などにも別段変化はない。

「ところで、千太郎氏《うじ》……」

嘉治郎が問う。

「ここに集めたのはどういう趣向なのです？」

「趣向などはないが……。とにかくそれぞれの話を聞きたいと思ったまでのこと」

「……ならば、私の話を聞いてもらいたい」

弥市と徳之助の顔を見回しながら、嘉治郎は、高田屋で相部屋になった姉妹の話を始めた。

「あの姉妹はどうやら金に困っておる。家宝の小刀を売りたいと考えておるらしいのだ」

「それと嘉治郎さんと、どういう関わりがあるんです？」

訊いたのは徳之助だ。自分が紹介した船宿で起きた話のせいだろう、気になっているらしい。

「姉妹から話を聞き出すと、生まれは房総のほうらしい。家は網元だったが、盗賊に入られて家にある金目のものを根こそぎもっていかれてしまった。それで一家は離散の憂《う》き目にあってしまったというのだ」

「それがどうかしたんですかい？」

徳之助が興味を見せている。

「じつは、その盗賊が江戸にいるという話を土地のご用聞きから教えられたそうだ。そこで敵を打ちたいと江戸に出てきたが、やがて旅銭が少なくなった……」

「それで家宝の刀を？」

「そういうことだ」

「どうして網元が刀などを持っているんです？　金目のものなんですかい？」

訊いたのは弥市だ。相手が盗っ人となれば自分の役目だという顔つきである。

「先祖が土地の領主から拝領された由緒あるものらしい」

「それを売って仇討ちを？」

「敵を討つといっても、非力な女の手で戦えるわけではない。そこで、盗っ人の仲間を見つけ、捕縛させようというわけだ」

「顔を見ていたんですかい？」

「一度、旅人が宿を貸してほしいと訪ねてきたという。村に旅籠はないので、一晩奥の部屋を貸したらしい。盗っ人が入ったのは、その旅人が帰った翌日だった。賊のなかに男の顔があったというのだ」

「顔を見られてしまったのに、殺されなかったのは幸いでしたねぇ」

弥市がそういいながら、ふと怪訝な顔をする。

「そういえば、以前、江戸のはずれ、小梅でも似たような話を聞いたことがあります」

そこは深川に店を出している男の寮だった。あるとき、深夜、道に迷ったから一晩部屋を貸してくれ、という女が訪ねてきた。

女ひとりだからと警戒せずに、乞われるままに部屋を貸した。すると、帰った翌日、盗賊に入られた、という事件であった。

「一晩泊まったのは、家の間取りを知るためだったのかもしれねぇ、と話をした記憶があります」

「それはいつ頃の話だ」

嘉治郎が興味を見せる。

「いまから二年前の春頃ですかね」

「私が聞いた姉妹の家が襲われたのは、やはり二年前、秋のことだったという……」

「同じ賊の一団ですかね？」

「そう考えたほうがすっきりする……」

嘉治郎は、千太郎の顔を見つめた。

「そこでだ……千太郎どのにお願いがあるのだが……」

「なにかな」

「じつは、さきほど侍たちが来ていたが？」

「……偽侍だな」

「はて……」

「あれは偽者だ……いや前は武士だったとは思うが、いまは違うな」

その話を聞いて、弥市が不思議そうに、

「へぇ？　そうなんですかい？」

目を見開いている。

「偽者とは？　どういうことです？」

「おそらく、あの六右衛門という男は元、武士だろう。長男も武家育ちだ。だが、ほかの者たちは俄《にわか》武士だ。一応武士らしい嗜《たしな》みは見せていたが、見る者が見たらわかる」

「へぇ……あっしにはさっぱり。本物のお武家さんかと……ということは、あのときの話はどういうことになりますんで？　それも嘘と？」

「おそらく偽話だろう、いや、けっこう真に迫っていたから本当のことも含まれていたのかもしれぬが」

　そこで千太郎は眉根を寄せて、

「どうやら、この片岡屋が狙われたらしい」

「といいますと……奴らは盗っ人集団だと？」

「嘉治郎さんの話を聞いていて気がついたのだ」

「しかし、どうして千太郎さんに斬りつけたりしたんです？」

「私の腕を確かめるためだろう」

「ははぁ……そのようなことを喋っていましたが本当だったのか」

　徳之助は、ひょんなことから面白い話になってきた、と笑った。

「あっしが嘉治郎の旦那を高田屋に連れて行ったところからこんな話になったんですからねぇ」

「そらぁ、たまたまだ」

　弥市が笑う。

「そうですが、火のねぇところに煙はたたねぇ」

「なんだい、その例えは」

見当違いな言葉に、弥市だけではなく千太郎と嘉治郎も笑った。

千太郎は、笑いを収めると、

「ところで弥市親分、奴らの塒《ねぐら》は判明したかな？」

「へぇ……」

弥市は、途中で六右衛門、長太郎と、若い三人が別々になったので、若い連中を尾行した、という話を進めた。

「でね、奴らがいるのは、佐久間町です。六右衛門はどこかまだはっきりしてませんが……」

「それで十分だ」

千太郎は、弥市をじっと見つめた。

「で、連中が盗賊の一味だという裏はありますかねぇ？」

弥市の言葉に、千太郎は嘉治郎に目を移す。

「嘉治郎さん……その姉妹はいまどこに？」

「まだ高田屋にいますが」

「ならば、ふたりに顔を見てもらおう」

「危険ではありませんかい？」

女にはめっぽう優しさを発揮する徳之助が、膝を進めた。

「心配するな」

千太郎は、ふふっと笑った。

「だけど、本当にあの武士たちが盗賊なんですかねぇ？」

「では、それを確かめよう」

ついてまいれ、と千太郎は立ち上がった。

「どこに行くんです？」

「高田屋だ」

今度は嘉治郎が驚き顔をする。

「……姉妹に会うというのかな？」

「一晩泊まったという男の人相を聞けばいい」

なるほど、と嘉治郎は得心顔をした。

「徳之助は残っておれ。姉妹がきたら困る」

へぇ、と徳之助は返事をした。

八

千太郎が、高田屋に向かう姿を、物陰からじっと見つめる目があった。

「姫さま……千太郎さまが出かけました」

「はい……」

「追いかけますか?」

「いや……」

由布姫は、首を振りながら、

「もうひとりいたであろう?」

「そういえば……遊び人ふうの男が残っていますね」

「あの者から、話を聞き出そう」

「なんの話です?」

「事件の臭いがするではありませんか」

志津は、もしそうだとしても、事件などに関わるのは危険だと答えたが、由布姫は引かない。

「私はあの方を助けたいのです」

唇を結んだ顔は、一度決めたら変えないという力が込められている。

「わかりました……いかがしましょう？」

「まずは、あの遊び人ふうの男をたらし込みましょう」

「たらし込む！」

「ふふ……任せておきなさい」

徳之助は、表で自分のことを話されているとは夢にも思わない。

離れに取り残されてしまっては、徳之助としてもやることがない。縁側に出ると庭に降りることができるが、外は暑い。陽が容赦なく降り注いでいるところに行くのはためらわれる。

だからといって、じっとしていられるような徳之助ではない。そわそわとしているところに、表から女の声が聞こえてきた。

使用人が応対している様子が窺え、やがて足音が聞こえてきて、

「あなたにお客人です」

と、声をかけられた。

「あっしに？」

退屈しきっているところだった徳之助は、相手の素性も訊きもせずに、表に向かった。

待っていたのは、見たことのないふたりの娘だった。どうもそのへんにいる町娘とは少々雰囲気が異なって見える。

怪訝な表情が出たのだろう、お供らしい女のほうが徳之助に近寄った。

「少しお聞きしたいことがあるのです」

「なんです?」

「お時間をいただけませんか?」

「しかし……」

一応、徳之助はそれはまずいという顔をした。

「ここを離れるわけにはいきませんからねぇ……」

「わずかでかまいません。そのあたりの料理屋で一献……」

後ろから背筋が伸びて気品のある女の声が聞こえ、徳之助は、はぁと心を動かされてしまった。

「どうです? 店のことはまかせておけるのでしょう?」

「まぁ、あっしはここに奉公しているわけではありませから……」

「ならば、いいではありませんか」

主のほうが強引である。しばらく手を頭に当てて考えていた徳之助だったが、

「いいでしょう。でもそんなに長くはいけません」

「わかっています……」

「あのぉ……」

それでも片岡屋から離れることに後ろめたさを感じた徳之助は、訝しげな声を出した。

「なにか?」

「あなた様たちは、この片岡屋となにか関わりがあるんですかい?」

「千太郎さまとは懇意にさせていただいております」

「なんだ、そうでしたか」

千太郎の名前が出て徳之助は少し安堵の表情を見せて、板の間から土間に降りた……。

その頃、高田屋で千太郎は、姉妹に一晩泊まっていったという男の人相を確認して

いた。

　すると、長太郎と紹介された男にそっくりであった。決め手になったのは、手首に黒子《ほくろ》があることだ。

　千太郎が斬りつけられたとき、やはり黒子が目に入ったのを覚えていたのだった。同じ男と断定しても間違いではないだろう。

　千太郎は弥市に姉妹をどこか匿《かくま》う場所を探したほうがいいかもしれぬと囁いた。弥市は、少し考えているようであったが、この高田屋にいればあまり問題はないのではないか、と答えた。

「あまり大きな声は出せませんが、ここは……」

「……なるほど、弥市親分の息がかかっているというわけか」

「まぁ、そんなに大層な話ではありませんが」

「それで、徳之助が出入りしている理由が判明した」

　ふたりの会話を黙って聞いていた嘉治郎が、ちょっと待て、と口を挟んだ。

「ということは……どういうことだ」

「は、なんです？」

「儂をこの店に送り込んだのには、なにか魂胆があったのか？　儂を怪しい人間とでも考えてのことか？」

嘉治郎の言葉に徳之助が苦笑いをする。

「そんなことはありません。まぁ、怪しく見えなかったこともありませんが」

「そんな面倒な喋り方をしおって、けしからん」

「まぁいいじゃありませんか。そのおかげといいますかなんといいますか、姉妹と会えたし、ふたりの手助けをすることができるのですから」

嘉治郎は、半分ふてくされながらも、それ以上は言葉を挟まなかった。

「で、……これからどうします？」

弥市に問われた千太郎は、小首を傾げながら、

「佐久間町に行く」

といい、薄く笑って、

「あの偽武士たちが本当に盗っ人だったら、捕縛すればよい」

「へぇ」

弥市は怪訝な顔をする。

「そんなに簡単にいきますか？」

「やってみなければわからん」

「いや、まぁそれはそうなんですが」

「親分は、手柄をあげたくないのか？」

「そんなことはありませんが……」

「ならば、行くぞ」

千太郎は、かってに決めてしまった。

「しかし、まだあの六右衛門という野郎の塒《ねぐら》を突き止めていませんが」

その言葉に、千太郎は姉妹に目を向けると、弥市はその目的にすぐ気がついたらしい。

「まさか……この姉妹に首実検を？」

驚き顔をする弥市に千太郎は、にんまりとしながら姉妹を窺うと、ふたりは顔を合わせながら、かすかに頷いた。

「へたをしたら囮《おとり》になってもらうかもしれぬが、それでもいいか？」

千太郎の言葉に、姉妹は小さく、はいと同時に答えた。

弥市は、まさかという目つきをしながら、姉妹の表情を確かめようとしたのだろう、十手を出してぐいとしごきながら、

「そんなことをしてもいいんですかい？」

と、威嚇するような仕草をする。

そんな弥市の態度にも姉妹の気持ちに変化はないらしいとわかり、弥市はしょうがねぇなぁ、小さく呟いた。

「さっきは匿えといって、次には囮に使うと……まったくなにを考えているのかさっぱりでさぁ」

文句というよりは呆れている弥市に、千太郎は、あははと笑うだけであった。

九

由布姫は、徳之助から聞いた話を確かめようと、高田屋が見える場所で、見張っていた。

徳之助は、しぶしぶだったが、酒を飲ませたら、日本橋の高田屋という船宿に行ったと白状をしたのである。

暑いなか、日陰を探してそこに隠れていたのである。

どうしてそんなことをするのかという志津の疑問に、由布姫は、

「あそこに集まった顔を見たら。黙って帰るわけにはいきません」

「どうしてです？」

「気がつかなかったのですか」

「なにがです？」

「あの顔ぶれは、これから捕物をするに違いありません」

「本当ですか？」

由布姫の見立てはときどき外れる、という顔つきをする志津に、

「なんです、その疑わしげな顔つきは……間違いありません。ですから、ここで待つのです。私たちも一緒に捕物に参加するのです」

「まさか……」

「なにがまさかです。あの方のお手伝いをする最大の機会がやってきたのではありませんか」

「そうでしょうか？」

「ははぁ……志津、お前は私だけが捜していた人に会えたことに怒っていますね」

「えぇ？　なにをいきなりそんなことをおっしゃるのです」

「違いますか？」

「まったく見当はずれです」

志津は、ぷいと横を向いてしまったが、由布姫はその言葉を本気には受け止めていないらしい。皮肉な顔つきをしながら、

「……まぁいいでしょう。そんなことより……ほら、出てきました」

高田屋から、千太郎を先頭にして、弥市、嘉治郎が続いて出てきた。さらに、娘がふたり一緒である。それを見て、由布姫の顔色が変わり体がぐらりと傾いた。

「姫さま……」

慌てて志津が駆け寄った。

「大丈夫です……それより早く追いかけましょう。見失ったら大変です」

「しかし……こんな暑いところに長い間いたせいでしょうか」

「心配いりません」

由布姫は、志津の手に摑まりながらようやく体を立て直したが、顔色は悪い。

「これで手助けなど……今回は諦めましょう。これが最後になるわけではありませんん」

必死に志津は引き止めようとするが、由布姫はその手を振り払って歩きだした。

表通りに出てみたが、すでに千太郎たちの背中は見えなくなってしまっていた。

それでも由布姫は、諦めようとしない。

「志津……店に行ってあの方たちがどこに行こうとしていたのか、訊いてきなさい」

志津は呆れている。

「……ですが、店の者たちが知っているとは限りません」

「確かめなければわからないでしょう」

由布姫に背中を押されて、志津がしぶしぶ高田屋のなかに入っていくのを確かめて、由布姫は、日陰に体を隠した。そばに小さな切り株を見つけて、その上に腰を下ろした。

頭を揉みながら、由布姫は志津を待った。ようやく陽は西に傾き始めている。西空はかすかだが、赤く染まり始めているのがわかった。

呼吸を整えていると、志津が慌てて店から出てきた。

「姫さま……わかりました。佐久間町だという話です」

「よく聞き出せましたね」

「……千太郎さまの許嫁だといいました」

由布姫は、ううむと唸った。

「これで許嫁がふたりになってしまいましたねえ」

「ご心配なく。お相手は同じ名です……」

志津が、悪戯《いたずら》っぽい目つきをした。

由布姫は、苦笑いをしながら、

「では、行きましょう、佐久間町へ」

切り株から立ち上がったときには、由布姫の顔色も戻っていた。

由布姫たちが後ろから追いかけているとは夢に思わない千太郎たちは、向柳原の土手を歩いている。ようやく西空が茜色に染まり始めた。店の前では、打ち水をうつところが増えていた。

昼日中の打ち水はかえって湿気を含んだ空気が暑さを呼んでしまうが、朝夕はその効果はある。

長屋住まいの老人だろう、大きなたらいに水を張り、床机に座って足を水に浸けてぼんやりしていた。

その前を金魚売りがかたかたと音を立てながら進んでいく。掛け声がないのは、やる気がないのか、それともこれから家路につくところなのだろうか。

そんな暑さを感じる風景を横目で見ながら、千太郎たち一行は、佐久間町二丁目に入った。

四人も一度に町に入るのは目立つと、弥市の言葉で、各々ばらばらに知らぬ者同士のような顔をしながら、間をずらして目的の場所に向かった。

途中で、弥市が木戸の番太郎に、次之助という若い侍は出かけていないかどうかを尋ねると、次之助という名の侍はいない、という返答が返ってきた。おそらく別名だったのだろう。

弥市は、人相を告げると、番太郎はそれなら、次之助ではなく次松《つぎまつ》だろうと教えてくれた。

次松には、仲間がいるとのことで、それを纏《まと》めているのがときどき遊びに来る長《ちよう》次《じ》という若い浪人風の男らしい。

「なるほど……そいつが長太郎だな？」

番太郎はなんのことかわからぬという顔をするが、弥市は、それには答えず、

「で……その長次という男の住まいはどこかわかるかい？」

「はて、どこだったか……」

「とっつぁん……思い出してくれねぇかい」

目の下に隈《くま》を作ったような番太郎は、しばらく手をもじもじとさせていたが、

「思い出した。さっき次松が、いつもつるんでいる連中と出ていきましたが……」

「どこに行ったかわかるかい？」

「さぁ、でもやつらがいつも行く場所はわかります。久右衛門町ですよ。そこに長次とその父親が住んでいる家があるんでさぁ。以前、次松がそんなことをいっていました」

久右衛門町はやはり神田川沿いにある町で、佐久間町から柳橋に戻ればすぐのところだ。

さっそく弥市は、番太郎から聞いた話を千太郎に伝えた。

千太郎はその久右衛門町に行こうと決断する。そこに果たして六右衛門の住まいがあるのかどうかわからないが、なにか引っかかりがあればそれはそれでいい、という顔つきである。

由布姫たちは、佐久間町に着いたが、千太郎たちの姿はどこにも見えなかった。すでに別のところに向かってしまったのかもしれない、と由布姫はがっかりするが、

「姫さま……せっかくここまで来たんです。少し周りを歩いてみましょう」

志津の言葉に、由布姫は頷いた。

しかし、川岸まで降りて捜してみたが、見つからない。

志津は、ちょっとその辺の木戸番に訊いてみます、といって目の前にあった木戸番

に入っていった。

すると、すぐ出てきて、みんなは久右衛門町に行ったそうだ、と叫んだ。どうしてそんなことが簡単にわかったのか、と由布姫が怪訝な目つきをすると、

「姫さま……二分銀を持ってますか?」

由布姫は、仕方ないという顔をしたが、それでも懐から紙入れを取り出した。

「そなたはだんだんずうずうしくなってきますね」

「姫さまがあの方の手伝いをするというからですよ。私はその気持を受け止めているだけです」

「………」

取り出した二分銀を引っ手繰《たく》るようにして、志津は番小屋に入ると、すぐ顔を真っ赤にして出てきた。

「どうしたのです?」

「久右衛門町には侍が住んでいるようです」

「侍?」

「はい……なにか戦いの臭いがしませんか」

志津の問いに、由布姫は大きく息を吐いた。

すっかり元気になった由布姫が先に駆け足になり、久右衛門町に向かった。

すでに暮六つが近いせいで、周囲は暗くなりかかっている。これ以上陽が落ちてしまうと、千太郎たちがどこにいるのか見つけるのは至難の業《わざ》となる。

由布姫はそれを恐れたのだろう、緊張する顔で、足を速めた。

川風が少しだけ涼しさを運んできたが、ふたりには風の動きなど感じるだけの余裕はなかった。

久右衛門町に入っても、駆け足はやめずにふたりは町内を走りまわった。

だが、どこにも千太郎たちの姿は見えてこない。

由布姫の焦りは志津にも感じることができる。

だからといって闇雲に走りまわったところで、犬が棒に当たるようなわけにはいかなかった。

そろそろ長屋からは、飯を炊く匂いが漂ってくる頃合い。志津の腹がぐぅと鳴ったが、由布姫は笑いはしない。むしろ、自分のわがままに付き合わせている、という顔つきで志津の手をとって足を緩めた。

「志津……完全に見失ったようです」


「急ぎましょう」

「諦めてはいけません……」

「しかし……」

志津は、必ずこの近場にいるはずだ、と断言する。

「どうしてそんなことがわかるのです」

「女の勘です」

「まぁ……」

「姫さまにもあるでしょう」

しかし、由布姫はその問には答えず、唇に手を当てて、

「志津……いま、なにか音が聞こえてきませんでしたか?」

「……はい」

ふたりは耳をすました。

十

千太郎は、六右衛門と対峙していた。

ここは、久右衛門町ではない。

久右衛門町から少し進んだところにある柳原稲荷神社の境内であった。

この神社は、その名からもわかるように、柳原の土手下に作られている。神社の前はすぐ神田川が流れていた。

いまや陽は完全に落ち、周囲は暗い。神社の前の石灯籠に入っている灯りだけが頼りである。

ここまで来る前のことである。

九衛門町に着いた千太郎たちが、六右衛門の家を捜していると、和泉橋の近くにある居酒屋から、床几に座っている長太郎たちの姿が見えたのである。弥市が様子を窺いに行くと、長太郎以下、四人が集まっていた。

それほど飲んで騒いでいるという雰囲気ではなかった。弥市は、六右衛門以外は集まっていると千太郎に告げると、

「さっさと終わらそう……入るぞ」

そう弥市に告げると、すたすたと店のなかに足を踏み入れたのである。

千太郎の顔を見て、四人は慌てて立ち上がった。しかし、座ったままでいいぞ、などと千太郎は手でひらひら煽いだ。

馬鹿にされたと思ったのだろう、長太郎が立ち上がると、いきなり抜刀して斬りか

かってきた。それをあっさりと躱して、千太郎は静かに告げた。

「つまらぬことを考えても無駄だ。世間はそんなに甘くはないのだ」

ふふふ、と唇を歪ませる仕草をした。

「どうだ、これで少しは迫力が出ているかな?」

ますます揶揄《やゆ》されたと、長太郎こと長次は顔を真っ赤にさせてふたたび刀を振り被った。

「そんなに斬り合いたいのなら、店から外に出たほうがよいぞ」

慌てもせずに語る千太郎の態度に、長次は腹が据えかねたという顔つきで、

「望みどおり外に出てやる」

叫んで、店から走り出た。

千太郎もぶらぶらと懐《ふところ》手《で》をしながら外に出た。

店の前では、弥市と嘉治郎が待っていた。

長太郎が走り出てきたことで、嘉治郎は柄《つか》に手を伸ばしたが、長太郎は嘉治郎とは初対面である。だが、弥市の顔は知っていたために、ぎくりとその場で動きが止まってしまった。

間隙を縫って四人のうちのひとりが脱兎のごとく、嘉治郎と弥市の間をすり抜けて

いった。千太郎は、笑いながら、

「親分を呼びに行ったか……というより、お前の父親かな？　それにしても全員が親戚だなどと、とんでもないことを考え出したものだ」

その千太郎の言葉に、弥市が驚いた。

「え？　嘘だったんですかい？　みな顔が似ているような気がしたんですがねぇ」

「最初にそう紹介されたからだ。人は、知らぬ者から説明をうけると鵜呑みにする癖があるものだからな」

「はぁ……」

「長太郎、いや、本当の名は長次というらしいが……あの仇打ち話は念が入っていたと思ったが、本当のことか」

「まぁ、すべてではないが……」

「そうか、どうりででたらめにしては、良くできていたと感じた」

長太郎はあの事件が起きてから、父親はまともに生きることが嫌になったのだ、と聞きもしないことを答えていた。

そこに、消えた男が六右衛門を連れて戻ってきた。

六右衛門は、千太郎の顔を見ると複雑な笑いを見せた。

「おぬしはやはり一筋縄ではいかぬ御仁であったようだな」

「ほう……」

「ほれ……そのとぼけた顔つきはどうだ……」

「どうだといわれても、これは生まれつきだから仕方があるまい」

「それに、いかにも育ちが良さそうな雰囲気を持っておるのが不思議だと最初から感じていたのだが」

「そうかな……私はこれでも自分がどこの誰やらもわからぬのだ。知っていたら教えてもらいたいくらいなのだがなぁ」

その言葉に、六右衛門は肩をゆすって苦笑する。

「ふ……じつに面白い御仁だが、だからといって私たちの正体に気がついたとしたら、放っておくわけにはいかない」

「……ふふ、やはり、盗っ人たちであったか。あんなおかしな話を持ち込むなど、ただの頭ではない。その才を他に活かしたらどうだったのだ」

「普通の暮らしをしている人間の台詞《せりふ》だなそれは。仇を持つものは最初は、ちやほやされる。だが、なかなか思いどおりになどいかぬ。そのうち、仕送りはなくなり、かえって疎《うと》ましく思われてしまうのだ」

「なるほど……それで金を求めて盗っ人か……くだらん」

のんびり話をしながらも、六右衛門は歩きだしていた。そして、着いたのがこの柳原稲荷の境内なのであった。

しばらく無駄話をしていたが、六右衛門は、もういいだろう、といって柄に手をかけ鯉口《こいぐち》を切った。

「いざ……勝負」

すらりと刀を抜いて、青眼《せいがん》に構えた姿はなかなかの腕と見えた。

その瞬間に、それまでじっとしていた六右衛門の手下たちが、それぞれの得物に手を伸ばした。

侍は長太郎だけである。ほかの連中は片岡屋に来たときは、武家の格好をしていたが、いまは遊び人ふうであった。それでも、匕首やら長脇差を抜いて構えていた。

六右衛門は千太郎と戦っているからいいが、ほかの四人は弥市と嘉治郎が対峙することになったのである。

弥市は強面の姿をときどき見せることはあるが、それほど腕が立つというわけではない。

「親分……後ろへ……」

嘉治郎が刀を抜いて弥市の前に庇うように立った。

千太郎は、嘉治郎の構えを見て安堵の目をすると、六右衛門に向かってやはり青眼に構えたのだった。

嘉治郎は、千太郎が構えたのを見て少し首を傾げた。

「それにしても、あの男はどういう人間なのだ？　儂にはまるで正体がつかめぬ……」

「それはそうでしょうとも。なにしろ本人だって自分の名も、どこから来たのかも忘れてしまったのですからねぇ」

「それはまことのことなのか？」

「違うというんですかい？」

「さぁ……」

弥市は、それ以上、千太郎に関してはあまり首を突っ込みたくないという顔つきである。

十一

勝負を決しようとしたときの千太郎のたたずまいには、鬼気迫るものがある。

その姿に気後《おく》れしたか、六右衛門が先に動いた。

青眼から上段に構え直し、そのまま前進しだした。

千太郎は、敵がすぐ前にくるまで動かずに待っていた。待ちながら敵の隙を探す。

「脇が甘い！」

わざと大きな声を上げた。

だが、敵もそんな誘いに引っかかるほど、なまくらではなかった。

声を聞いても、変わらず走りながら近づいた。

寸の間まで動かずにいた千太郎は、下がると見せて、前に出た。

驚いた敵が上から斬り下ろした切っ先を、体《たい》を斜めに躱してやり過ごすと、青眼から下段に変化させた剣先が、下から斜めに袈裟斬りに摺り上がった。

「きえ！」

それを飛びながら撥ねて避けた敵が、今度はその勢いを借りて、横に薙ぎ払う。

かきん！

千太郎は、それを刃で受け止めてから、敢えて跳ね返さずにその場で一間近くも飛び上がり、

「しゃ！」

上から脳天に向けて斬り下ろした。敵は逃げることができずに、しゃがみ込んだ。それを見逃さずに、

「そこだ！」

千太郎の切っ先が、六右衛門の肩を斬り裂いた。

六右衛門の右肩から血が噴き出した。

「命は取らぬから神妙にしろ！」

千太郎の大音量が響いた。

「ち……ただのぼんくらかと思ったがやはり、おぬしはただ者ではないな……」

蹲《うずくま》りながら、六右衛門が血を吐くような声を出した。

「なに、私はただの骨董目利きさ……ただそれだけではなく、ちと悪事への目利きもすることがあるのだがな」

笑みを浮かべたその顔は、どこか子どもっぽさを含んでいる。

その間に、嘉治郎はひとりで敵の残りを打ち果たしていた。

倒された者たちを、弥市はひとところに集め、腕を後ろに回させ、縄でそれぞれの腕をつないで動けなくさせていた。

神社の陰で闘いを見つめていた姉妹は、若い男の顔だけではなく、押し入ったときにいた顔のなかに、六右衛門がいたことを思い出して、これで仇を討つことになった、と喜んでいる。

「これでとにかくは、嘉治郎どのの目的も果たしたことになるな」

「……私は姉妹の後ろ盾になれたらよいのだ」

ちらりとふたりの娘を見ながら、

「喜んでいるから、これでよかったということであろうな」

「それは重畳」

千太郎が、わはははと笑った空に、月が出ている。

と――。

ささささ、ささささ……。

なにやら不穏な足音が聞こえてきた。

弥市がそっと千太郎のそばに近づき、

「まだ敵がいたようですぜ……」

千太郎と嘉治郎が身構えた——。

第三話　姫さま同心

一

たたた、と足音が暮六つを過ぎた柳原稲荷に聞こえてきた。

千太郎が耳をすまし、弥市は緊張し、嘉治郎が身構えている。

奈津と三津の姉妹は、肩を寄せ合っている。

肩を斬られて蹲っている六右衛門は、ふと顔を上げて音を聞く体勢になった。

「誰かまだ仲間がいたのか？」

弥市が問うが、首を振りそんな者はいないと答えた。

「じゃ、あの足音は？」

弥市は、十手を突き出して敵に備えるような構えをとった。

「心配なさそうだぞ」

そんな皆を見て、千太郎がふと頬を緩めた。

「どうしてです？」

「すぐわかる……」

千太郎はまったく気にもとめずにいるらしい。その証《あかし》に、灯りが暗くなりかかっている石灯籠のそばに寄りながら、

「誰か灯りを持たぬか」

灯籠をトントンと叩いている。

「このあたりの町役人《ちようやくにん》が管理をしているはずですがねぇ」

「どうやらあまり真剣には仕事をしておらぬらしいな……これからおかしなことになるやもしれんぞ」

「へぇ？　といいますと？」

「すぐわかる」

千太郎は例によって、自分だけがわかっている目つきで笑った。

そうこうしている間に、灯籠の灯りが心もとなくなり、とうとう消えてしまった。

そこに、足音が飛び込んできた。

「来た……」

弥市が、つぶやいたと同時に、嘉治郎は鯉口を切った。

千太郎が看破したとおり、境内に走り込んできた影はふたつあった。

灯籠の後ろに身を隠した弥市は、小さく、女だ……と呟いた。

ふたつの影は、境内に数歩足を踏み込んだだけで止まってしまった。

月明かりは先ほどから、雲に隠れて消えている。

目に見えるのは、真っ暗な闇だけである。それでも、その周辺に人が隠れていることに気がついているのだろう、ふたつの影は、呼吸を整えるような音を吐き出している。

「旦那……」

弥市が千太郎に声をかけたのをきっかけに、影が動いた。

「そこにいるのは、雪さんたちだな」

千太郎が声をかけた。

ふたつの影は、はっとしてその場に立ち尽くしている。

「千太郎さん？」

怪訝な声が応対した。

「そうだ……どうしたのです、こんなところに来て……」

「………」

「ははぁ……私たちを助けようとでも考えたのですか？」

呆れ声で千太郎が問う様子が、弥市にはありありと見えるようだ。

「すみません……」

雪ではなく、志津の声であった。

「とにかくいつまでもこんなところにいては風邪を引く。早く温かいものでも」

「旦那……いまは夏ですぜ。暮六つを過ぎ、五つに近いというのにまだこんなに汗をかくほどじゃありませんかい」

弥市は呆れて、返事をした。


一行は、柳原の土手を上がると、弥市が先頭に立った。

捕まえた六右衛門を筆頭とした盗っ人たちは、すぐそばの自身番から書役《かきやく》を連れてきて、町役人に引き渡した後である。

千太郎に、どこぞゆっくりするところがないか、と問われて探しながら歩いているのである。

途中、奈津、三津の姉妹は高田屋に戻っていった。

思いが叶ったのだからすぐに房総に帰って、首尾《しゅび》を親戚や世話になった人たちに伝えたい、というのである。

路銀がないので、千太郎に笹竜胆のついた小刀を売ろうとしたが、千太郎はそれは家宝だろうから、売るな、といってぽんと懐から二両出して渡すと、姉妹は涙を流しながら、ご恩は忘れないと頭を下げて離れていった。

弥市は、そんな千太郎を見たのは初めてなので、驚き、由布姫は微笑み、志津は由布姫を見て苦笑した。

柳橋まで戻り、弥市が見つけたのは、小さな料理屋だった。

この当時、柳橋はまだそれほど、花柳界が盛んになってはいない。それでも両国広小路を後ろに控えていたせいで、洒落《しゃれ》た店が作られ始めていたのである。

五つを越えた頃合い。ところどころに赤提灯や、縄のれんが下がった店が見られた。

弥市が、ちょっと見てきますと、先に乗り込み座る場所を確保した。

座敷に通されると、千太郎が上座《かみざ》になって座った。由布姫は少し下座《しもざ》になる。

弥市は、志津が少し不満そうな顔色をしたことに気がついたが、それは自分の主が上座ではないのか、という顔つきだったからだ。それほどの地位のある主人なのだろうか、と弥市は、横目で雪という女を覗き見た。

本人は、千太郎のすぐそばに座ってにこにこしている。

また、千太郎がその場にふさわしいような顔つきをしていることに、この人はまったくどんな身分の人だったのだろう、という疑問を抱かずにはいられない。

自分の名も忘れてしまったとはいえ、本来はかなりの身分の旗本か、あるいは江戸定府《じょうふ》の侍なのではないか、と推量せざるを得ない。

「取りあえず、盗っ人集団を捕縛することができたのはめでたい」

場をなごませようとしたのだろうか、千太郎が見回しながら、
と微笑んだ。

「確かにそうですねぇ」

すぐ答えたのは雪こと由布姫だった。

だが、嘉治郎だけはなぜかあまり楽しそうではない。肩をゆすったり、大きく息を吐いたりと落ち着きがないのだ。

「どうした、嘉治郎とやら」

千太郎が水を向ける。

「なにか心配ごとでもあるのかな?」

いままで江戸に出てきた理由を誰にも喋ってはいなかった嘉治郎は、

「いや……じつは……」

おもむろに、弟を探しに小田原から江戸に出てきたばかりだ、という話をした。

「へぇ、そんないきさつがあったのですかい」

弥市が、気の毒そうな目つきで頷いた。

二

「千太郎さん……」

由布姫が、少し難しそうな目つきで話しかけた。

「なんです。そんな顔をしているところを見ると、また隠密だとか、女同心だとか、そんな話をしようとしていますね」

「おわかりですか？」

由布姫が、鼻をひくひくさせる。

「もちろんです。私は女子のことはよくわかる」

本気なのか冗談なのか、千太郎がそんな台詞《せりふ》を吐いた。

弥市は、千太郎がひどく機嫌がよく見えて不思議な思いである。

「千太郎の旦那……そんな偉そうなことを断言してもいいんですか？」

「あはは、親分、まぁ、事件をひとつ解決したのだ、そのくらいの戯言《ざれごと》は罪があるまい」

「まぁ、そうですが」

弥市が気になって志津の表情を窺うと、先程よりは軟らかくなっている。

「とにかく、私はなにかお手伝いをしたいのです」

由布姫は、真剣である。

「そうはいっても……」

弥市が首を傾《かし》げる。

「素人だと思っていますね？」

「……いや。隠れ同心だと思ってはいるが」

千太郎が横から皮肉を口にしたが、それでもにっこり笑って、

「はい、そのとおりでございます」

ふたりのやりとりは、掛け合い漫才のようだと弥市は苦笑する。

「だけど、おふたりさん……」

弥市が、そのままでは肝心の嘉治郎が置いていかれてしまうと口を挟んだ。

「一番大事なのは、嘉治郎さんのお気持ちではありませんか？」

「確かにそのとおりだ。自分一人で他人の力など借りぬ、というのなら、私たちは邪魔なだけだからな」

にやにやする千太郎に、嘉治郎はそのようなことはない、と呟き、

「私は江戸には不案内です。できれば助けがあったほうがありがたい……」

かすかに頭を下げた。

「私たちにまかせておけば、百人力です」

由布姫が肩を怒らせた。

「なんとまぁ、自信満々なことよ」

千太郎が、大笑いをしていると、注文した料理が運ばれて、そこでいったん話は中止になったのであった。

千太郎たちと別れた頃には、既に刻限は木戸が閉まる寸前であった。

遅くなったからと、千太郎は駕籠を二梃用意してくれた。

それだけで、由布姫は感激の極みの目つきで千太郎を見つめるのだった。

志津は、そんな姫を見ていて、これは少し危険ではないか、とさえ考えてしまう。いまは祝言するまでの余興だ、とけしかけたのはまずかったのではないかとさえ思う。

「志津、いかがしたのです」

屋敷に戻ったふたりは、くつろいでいるところである。

本来なら、とっくに寝所に入っていなければならないのだが、由布姫の場合は特別である。じゃじゃ馬姫ということもあり、ある程度、気ままが許されている。

「姫さま……このままでいいのでしょうか？」

「なにがです？」

「…………」

「ははぁ……あまりにも私が千太郎さんに近づき過ぎると不安になっているのですね」

「はい」

「心配はいりません。私の心は決まりました」

由布姫は、口元をきりりと結んだ。

「はい？」

「私は、いつか姫を捨てる覚悟ができました」

「まさか」

「もっとも、稲月の若殿が目利きの千太郎さんよりも魅力のあるお方なら、そのようなことはしませんが……」

「はぁ……」

志津は、言葉がない。

「しかし、おそらくそのようなことはありますまい。私は伴侶を目利きの千太郎さんと決めました」

「そのような勝手は許されるはずはありません」

「やってみなければわからぬではありませんか」

「そんな無茶な」

志津は、ばかばかしい、という顔つきである。

「……無茶ですか、やはり」

さすがに由布姫も、最初の勢いはどこかに飛んでいってしまった。

「もっとも私とて、そんなに簡単に事を運べるとは思っていません」

「それを聞いて安心しました」

志津は、肩の力を落として安堵のため息をついた。

「その件については、いつか時が解決してくれるでしょう……」

「そうなればよろしいですが……」

志津が本気で心配しているのを感じたのだろう、由布姫は今度は努《つと》めて明るい顔をして訊いた。

「ところで、あの嘉治郎どのという浪人の弟さんですが」

「はい」

「あのように、私が探し出すと啖呵《たんか》を切ったのはいいけど……どのようにして捜したらいいのでしょう?」

「さぁ……私には見当もつきませんが、千太郎さんがよきに計らってくれるのではありませんか?」

「つまり、千太郎さんの指揮で動けばいい、ということですね」

「指揮といいますか、それほど大げさなことではないと思いますが、弥市というご用聞きもいることですし、そちらの動きに合わせればいいのではないかと推測いたします」

「わかりました、ではそうしましょう。どうせ、私があのように言いきったとしても、誰も本気にはしておらぬでしょうからね」

初めて由布姫から笑顔がこぼれた。

三

嘉治郎が一番気にしているのは、弟の所在であった。

江戸の武家屋敷に住んでいたと千太郎の問いに答えたのだった。場所は、神保小路だという。養子となっていたのは、谷山圭三郎《たにやまけいざぶろう》という旗本の家だった。谷山家には子どもができず、嘉治郎の弟、常三郎《じょうざぶろう》が後継ぎとして養子に入ったのである。

谷山家と、嘉治郎の父は遠い親戚筋だったということである。

二箇月前までは、弟からも近況などの手紙は来ていたのだが、急に連絡が途絶えた。嘉治郎から何度も連絡を取りはしたのだが、なかなか返事が帰ってこなかったのである。

やがて、弟は養父から勘当されたという話が舞い込んできたのである。

養父も、なぜか神保小路の家を売って、いまは深川に住んでいるという話である。

まさか養父によって勘当を受けるようなことを弟がするわけがない、と嘉治郎はその噂を確かめるために、江戸に出てきたのだ。

しかし、奈津、三津という姉妹に高田屋で出逢い、ふたりの件を優先させていたために、まだ、谷山家を訪ねてはいない。

そこで、千太郎は徳之助に命じて谷山家の動向を探らせることにした。

すると、確かに常三郎は、家から追い出されていたのである。

その理由を周辺の店や、長屋の住人から聞き出そうとしたのだが、はっきりとはしていなかったのである。

常三郎が家を追い出されてから、どこに行ったのかも判明していない。

徳之助は、常三郎と懇意にしている仲間や、同輩などから話を聞こうとしたのだが、どうしたことか、いずれも口が重かったのである。

しかし、それで引き下がるような徳之助ではない。

こんなときは、女の知り合いに聞くのが一番だと、常三郎と仲の良かった女を探した。すると、東両国の茶屋にときどき常三郎は通っていたという話を仕入れることができた。

茶屋の名は、みなと、といい、女は、糸《いと》という名だった。

徳之助が訪ねると、お糸は休みだという話である。

一昨日から風邪を引いて休んでいるという。

店の女主人にお糸の住まいを尋ねると、門跡前にある家を教えてくれた。

すぐ徳之助は、門跡前に向かう。

江戸は、八月も中頃に入って暑さは少しだけ影を潜めているが昼はまだ残暑が辛い。

ときどき汗を拭きながら歩く徳之助の後ろを尾行している姿があったが、徳之助はそれに気がついてはいない……。

と、門跡前についた頃、後ろから自分を追いかけてくる若い男がいることに気がついた。

「あ！」

声を上げる暇もなかった。

徳之助は、その男に当て身をくらってその場に蹲《うずくま》ってしまったのである。

男は、徳之助をかつぎあげ、そのままどこかに行ってしまった……。

嘉治郎は、徳之助の帰りを待っていた。江戸には不案内な自分が動き回るよりは、徳之助のような身軽な男に頼んだほうがいいという千太郎の意見に従ったのだった。

高田屋で待っていたが、徳之助は数日過ぎても報告にはこなかった。面倒なことが起きたのだろうか、と弥市も心配をして徳之助の塒を訪ねても、帰ってきた様子はない。

弥市は、嘉治郎と一緒に片岡屋に千太郎を尋ねた。

千太郎は、例によって離れの縁側に出て、のんびりと庭を眺めていた。柔らかくなった日差しを楽しんでいるようである。

「なにか見えるんですかい？」

弥市が千太郎の視線の先を見ながら問う。

「……いや、ただぼおっとしていただけだ」

「なんですねぇ……真っ昼間からそんなぼんやりして。もっとこう、きりっとしてくれねぇと」

「はん？　なにかあったのか」

「あったのかじゃねぇですよ。徳之助の姿が消えたんでさぁ」

「ほう、そんな技を持っていたとは」

「そんなわけねぇでしょう。奴は忍者じゃありません」

「では、新しく会得したかな」

「まさか。そんなくだらねぇ話をしていても話が進みませんや……とにかく、徳之助が消えたのは確かなことなんで、どうしたものかと知恵を借りに来ました」

ふぅん、と千太郎はあまり乗り気ではなさそうである。

嘉治郎が弥市の前に回って、庭に降りて千太郎に話しかけた。

「千太郎氏《うじ》……徳之助は私の弟の居場所を調べに行って姿が消えたのだ。このまま放っておくわけにはいかない。なにか策があったら教えてほしい」

「なるほど……それは困った」

「それに、徳之助を使ったのはおぬしです……」

嘉治郎の顔は必死である。弟のことも気になると呟いた。

「そうであったな」

千太郎は、ようやく気がついたような顔をしたが、

「徳之助が歩いた先を辿ることが先決だろう」

「奴の足取りはわかっています」

まずは神保小路に入ったはずだ、と答えた。

では、同じ場所を歩いてみよう、と千太郎は弥市と嘉治郎の顔を見つめた。

千太郎は、嘉治郎、弥市と一緒に神保小路に向かった。

神保小路は、武家屋敷が並んでいるが、周辺には鍋町など町屋も近い。鍋町には下駄屋も多く、下駄新道と呼ばれている通りがある。

千太郎は、下駄屋を見つけてなかに入っていってしまった。

だが、買おうとしている様子はなく、ただ冷やかしているだけである。弥市がそんな暇はありません、と声をかけても、

「気にするな」

と答えるだけで、動こうとしない。

「ははぁ……わかりました」

弥市が、口を尖らせる。

「なにがだ」

「暑くて日陰を探していたんですね」

「……親分も近頃は、人の心を読めるようになったらしい」

答えた千太郎の目は笑っている。

「大方そんなことだろうと思いましたよ。じゃぁしょうがねぇ……あっしと嘉治郎さんのふたりでちょっくら周りを探ってきましょう」

「それはありがたい。いい話が聞けたらいいな」

まるで他人事《ひとごと》のように千太郎は答えた。

下駄屋で千太郎に応対をしたのは、若い娘だった。

千太郎が年齢を訊くと、十六歳と答えた。名は、静《しず》というらしい。

「お静ちゃんか、なかなかいい名前だ」

照れながら、それでもお静は嬉しそうだ。

「ところで、このあたりに谷山という武家屋敷があったはずだが？」

「谷山さんなら、うちのご贔屓《ひいき》です」

「ほう……」

これは当たりだ、という顔つきをする。

「その家に、常三郎という息子がいたが覚えているかな？」

「あぁ、その人ならよくこの前を通っていましたから覚えていますよ。お遣いなどにも来ていましたから」

「そうだったか。で、常三郎は近頃、家を追い出されたという話を聞いたのだが」

「あら……」

頰に手を当てて、困った顔をする。

「なにがあったのか聞いてはおらぬか」

「さぁ……」

明らかに知っている顔だが、口に出そうとはしなかった。なにかをはばかっているに違いない。

千太郎は、お静の気持ちが整うまで待った。

お静はなかなか話そうとせずに、陳列している商品の整理などを始めてしまった。

そうやって自分の気持を落ち着かそうとしている様がありありと見えている。

千太郎はお静が話したくなるまで待つことにした。

商品を手で持ち上げてみたり、鼻緒を引っ張ってみたりしながら、お静が語りだすのを待っていた。

やがて、息を大きく吐き出すと、お静は千太郎の顔を見て、

「あなた様はただのお侍さまには見えませんね」

「ん？　そうかな。その辺で石を投げたらぶつかるような侍だぞ、私は」

「……いろんな人を見ていますからねぇ。ちょっと毛色の違うお人だということはわかるのです」

「そうか……ならばいおう。私はじつはな……」

「はい……」

お静の目が輝いた。

「自分が誰かもわからぬマヌケ侍なのだ」

「え？」

予測とまったく異なったのだろう、目の輝きが消えていくのがわかった。だが、千太郎は続ける。

「だからな、名前もいい加減なものだし、山下にある片岡屋という書画骨董などを扱う店で居候しているのだ。だからほかの侍たちと雰囲気が異なると見るのも、もっともなことだというわけだ」

にんまりと笑った顔は、人懐っこい。

お静は、本当だろうかという目つきをしていたが、

「わかりました……そんな話が本当にあるのかどうか私には判断がつきません。でも、お侍さまが持つなにかが、この人になら教えてもいい、という気持ちにさせました」

「それはありがたい」

「じつは、常三郎さんは……」

一度、呼吸を整えてから、お静は語りだした。

四

お静の話が終わった頃、嘉治郎と弥市が戻ってきた。

店の前に置かれた床几に座って、千太郎がぼんやりしている姿に、まだ、こんなところで油を売っているのか、という顔をした。

だが、千太郎はぼんやりしていたわけではない。お静の言葉を反芻《はんすう》していたのである。

「ううむ、東両国か」

「え？　いまなんていいました？」

「東両国だ……」

弥市の頭は混乱する。

「それは……いま探ってきたところによりますと、常三郎さんがよく通っていた茶屋があり、それが東両国にあったという話なんですが、まさかそれと同じ話ではありませんよねぇ」

「お糸という娘のことなら同じだ」

「えぇ！」

弥市はようやく仕入れてきた聞き込みを千太郎があっさりと口にしたことに納得がいかない、という顔をする。

「どうしてそれを？」

千太郎は、お静から聞いたと答えた。

「そんな……初めからそのお静に訊いておくんでした」

「親分たちが聞いた話はそれだけではあるまい？　もっと他にもあったのではないのか」

「……まぁ、お糸という娘の話だけで終わっていたら、あっしもがっかりしていたでしょうが……」

「なにか、いい話が聞けたのか」

「なかなか長屋の連中も近所の店の使用人たちも口を割らずに往生しましたがねぇ……」

そこに嘉治郎が割って入った。

「親分の十手が力を発揮したということです」

「なるほど……で、どんな話が聞けたのだ」

「へえ、常三郎さんというお人は、なかなかの器量をお持ちの人だったようです。周囲では、谷山家はいい養子を迎え入れることができた、これで先行きは安心だろうと、見られていたということなんですがね」

「そんな養子を追い出すとはおかしな話だ」

「そこなんです。なんとその理由が、常三郎さんが人妻と不義を働いたという噂が広まったからなんだそうです」

「不義か……それではなかなか周りも話しにくかろうな」

「へえ、それも相手が谷山さまの奥様だったというから、これはそのままにしておくわけにはいかなかったのだろう、というのが一致した意見でしたがねえ。なにしろ養子に入った家の母親になる人と……しかもですよ、年が十歳以上も離れているんですぜ」

嘉治郎は、顔を怒らせて、

「常三郎がそんな馬鹿なことをするはずはない。これはなにかの間違いだ」

千太郎は首を傾《かし》げて、

「その話は本当のことか」

「まあ、十手を見せつけて集めた話ですからねえ。嘘をいうとしょっぴかれると思っていますから、でたらめを答えるとは思えません」

「なるほど」

千太郎は得心顔をする。

「養父には会えたのか」

その質問には、嘉治郎が答えた。

「それがまったくの門前払いであった。常三郎がしでかしたことを考えたら、それもむべなるかなとは思うのだが、常三郎に関わりのある人間には二度と会いたくない、顔も見たくない、声も聞きたくない、と散々であったよ」

「それは大変」

「だけど、儂としてはどうしても常三郎がそんな無様《ぶざま》な行動を取るとは信じられない。千太郎氏……これにはなにか裏があるのではないかと思うのですが」

「ふむ……して、その根拠は？」

「……ない。ないがあの弟の気質は兄の儂が一番良く知っておる。不義など働くような弟ではない。ましてや養母に手を出すなど、信じられんのです」

千太郎は、そうかと腕を組んで、

「では、谷山家に本当のことを訊いてみようではないか」

「会ってくれるでしょうか。私はまるで相手にしてもらえなかったのです」

「もう一度、当たって砕けろだ」

そういうと、それまで座っていた床几からすっくと立ち上がった。

まさかの弟がしでかしたという不義密通話を知った嘉治郎は、それでも弟を信じると言い張っている。

自分が信じてあげないと弟がかわいそうだ、というのだ。

弥市としては、噂とはいえ、あまりにも聞き込みをした相手が同じような態度を取っているのだから、それは真実ではないかと感じていることも確かである。

いま、千太郎と一緒に不義の相手となった谷山家に向かう道は、あまり気持ちのいいものではない。奥方は、暇を出されてしまったという。

本来なら串刺しにされても文句はいえない。だが、奥方は暇を出されただけだし、常三郎は勘当されていまはどこにいるのかわからぬという。

千太郎は、なにかしっくりこない、という顔つきであった。

弥市が、谷山家に向かっている途中、娘ふたりが自分たちの方向に歩いて来る姿を認めた。

「あれは……」

「どうした？」

「旦那……あれは、雪さんたちではありませんか？」

おや？　という顔をする千太郎に、弥市は間違いありません、と囁いた。

「どうしてこんなところに？」

「さぁ……」

ふたりが千太郎の役に立ちたいと考えているのは確かだろう。特に、主人である雪のほうが進んで千太郎の手伝いをしようとしている。

雪は、なんと自分を隠密だとすらいいながら近づいたのだから、弥市は腹のなかでは笑うしかない。

「あの雪さんという娘は相当なじゃじゃ馬ですぜ」

ふふふ、と千太郎は笑いながら、そうらしいと答えた。

「しかし邪魔にならなければそれでよいではないか」

「まぁ、そうですが……どうも目障りでしょうがねぇです」

「気にするな」

そうこうしている間に、ふたりの娘は千太郎たちの前に立った。

「これはこれは……」

千太郎は、慇懃に体を前に倒して挨拶をすると、

「どうやら同じ目的でここまで来たようですね」

雪という娘が笑みを浮かべた。供の志津は少し後ろに下がって、頭を下げている。

弥市の顔は怪訝な雰囲気が消えず、なにかを含んでいるように見えた。そして、旦那、ちょっと、と千太郎を少し引っ込んだところまで連れて行った。

「旦那……どうもこのふたりはただのじゃじゃ馬娘とも思えませんが……」

「気にするな」

「へぇ……そうでしょうが」

「どうした、そんな顔をして」

千太郎は、手をぱたぱたとやりながら顔に風を送る。

「へぇ……あのふたり、どうも釈然としません。ひょっとしたら盗っ人とか、女掏摸《すり》とか、大泥棒とか……そんな類《たぐい》の連中ではねえかと……」

「まさか」

「旦那は女の怖さを知らねぇ」

「ほう……親分はご存知なのかな？」

「そらぁもう……女の悪には大変な目にあっていますからねぇ。女だと侮《あなど》っていると、とんでもねぇことになりますさぁ」

「なるほど……」

千太郎の目は笑っている。

「信じませんね」

「いや、女だからといって侮りはせん。しかしあのふたりは、そのような者ではあるまい」

「どうしてです？」

「物腰を見たらわかる。盗賊やら掏摸たちがあんな作法を知ってるとは思えぬ。きちんと礼儀作法をしつけられている」

「へぇ、そんなものですかねぇ」

「だが、ただ者ではないという見方には賛同するがな」

「でしょう？」

「いや、ただの町娘ではあるまい、ということだ。格好は町娘だが、中身は武家だな、あれは」

「はぁ、そうですかい」

心から得心したふうではない弥市に、千太郎は苦笑しながらも、心配はいらんまかせておけ、と告げて元のところまで戻った。

仕方なく口を尖らせながら、弥市も後を追った。

五

谷山家は神保小路から深川、仙台堀沿い、海辺橋のそばに引っ越している。このあたりには寺が多いせいか、ときどき抹香《まっこう》の匂いが漂ってきた。さらに、掘割からの風が袂を揺らす。

仙台堀は、寛永年間に開削され、北岸にある奥州伊達《だて》仙台藩の蔵屋敷があった。米や特産物などを運び入れた。仙台堀の名はそこからきている。

千太郎たち一行は、霊巌寺の裏側から仙台堀に向かって歩いていた。由布姫たちはその反対側から来たのである。

「おふたりはどこに行ってきた帰りかな？」

「おや、帰り道だとどうしておわかりになりました？」

「なに、ただの勘です」

その言葉に、雪こと由布姫はくすくすと笑った。

「お雪さん、どうしました？」

「いえ、なんでもありません。ちょっと同じような言葉を使ったことがありましたので……」

「ほう……」

千太郎は、娘ふたりの顔をじっくりと見つめながら、

「どうもふたりはわからぬ」

「なにがです？」

ぱっちりとした目からはいかにも闊達に生活しているという雰囲気が漂っている。

千太郎はにやにやしながら、

「お雪さんというたな？」

「はい……」

「本当の名だろうか？」

由布姫は、一瞬はっとしたがすぐ立ち直り、

「はて……それはどのような意味です？」

千太郎を睨みつけた。そのまっすぐな目つきに、千太郎はたじたじとなった。

「いや、別に他意はない」

「私たちが嘘を申しておるとでも？」

「その言葉遣いは武家であろう。だが、町娘の格好をしておる。そこから考えたら、名前も本当のことを教えてはおらぬのではないかと疑われても仕方がないのではあるまいか？」

さすがに由布姫も分《ぶ》が悪いと思ったか、

「さすがです。でも、当分は雪でお願いいたします。住まい、その他はまだご遠慮願いたく……」

ていねいに頭を下げた。

千太郎は、わははははと笑いながら、

「そのように下手《したで》に出られたのでは仕方があるまい。当分は雪さんと呼びましょう。住まいも聞くまい」

「ありがとうございます」

由布姫は、千太郎がどんな表情をしているのかと、上目遣いをすると目が合った。その瞳には慈《いつく》しみの香りが感じられて、由布姫は、息を呑んだ。

「いかがした？」

「あ、いえ、なんでもありません」

由布姫の顔が朱に染まっている。

由布姫たちは、挨拶を交わしただけで別れた。

弥市は、邪魔者が消えたと喜んでいる。

海辺橋に出た。

表札が出ているわけではないので、武鑑を見ながら歩く弥市が、千太郎を案内する。

武家屋敷といっても藩邸が並んでいるわけではない。旗本の家が並んでいるだけである。

谷山家はそんな一角、川にすぐ降りることができそうな場所に建っていた。

「嘉治郎さん」

千太郎は、足を止めて嘉治郎が近づいてくるのを待った。

「なんです?」

「あんたは一緒にいないほうがいい。相手が名前を訊いたり、顔を見たりして不愉快になってしまったら困ることになる。事実、一度追い出されておるのだからな、そこでだ……」

千太郎は言葉を切った。

「しかし……」

「いや、頼みがあるのだ」

「……………」

嘉治郎は、なにかいいたそうな目つきをするが、千太郎の態度がそれを許さない。

「わかりました……なにをしろと」

「お糸という娘がいるのを聞いたと思うが」

「常三郎が通《かよ》っていた茶屋女でしょう」

「そのお糸という女に先に会っておいてほしい」

「なぜかな？」

「私たちが訪ねるよりは、常三郎の兄だといえば、私たちには喋ることができない内容でも、話をしてくれるのではないかと思うのだ」

「なるほど。だが……兄弟ゆえに話をしたくない、ということもあるかもしれません」

「そのときは仕方がない、弥市親分に出張ってもらおう。とにかく、お糸を探りに行ったと思える徳之助が消えているのだ、なにか調べておいてもらいたい」

「わかり申した……」

堅苦しい返答をして、嘉治郎は千太郎と弥市から離れていった。

「旦那……徳之助はどこに消えたんでしょうねぇ」

「それを調べておるのではないか」

「そうですが……あの野郎、なんのドジ踏んだんだ……」

千太郎はふむ、と口を鳴らして腕を組みながら、

「とにかく、谷山圭三郎に会おう」

と唇を嚙んだ。

谷山家に訪《おとな》いを乞うと、若い侍が出てきた。しっかりした顔つきである。

だが、立ったまま無礼な態度で、誰だと訊かれたことに弥市は腹を立てるが、千太郎は、手でそれを制し、ご当主にお会いしたい、と頭を下げた。

弥市がいくら憤っても、相手は侍だ。本来なら町方の岡っ引きが質問など簡単にできない。

若い侍は、奥に引っ込んでいった。

「旦那……なんです、あの態度は」

「ううむ。しつけが悪いということではなさそうだが」

「そうですかい？」

千太郎は、苦笑いをしながら当主、圭三郎が来るのを待っていた。だが、なかなか出てくる気配がない。どうしたのか、と弥市がイライラし始める。

「なんですかねぇ、この家は」

「これでは奥方が不義を働いたというのは……」

「なんです？」

「ただの不義ではないような気がしてきた」

「といいますと？」

「いや、まだはっきりと裏が見えているわけではない」

「それでも、なにか裏があると考えるんですかい？」

「そのほうがしっくりくる」

千太郎は、眉根を寄せた。

「嘉治郎さんの態度を見ていると、弟の常三郎さんが不義を働くような人には思えぬのだ」

「それはあっしも感じていました。なにかの間違いではねぇのかと」

「事実、なにがあったのか、それを知っているのは夫の圭三郎だろう。真実を話してくれるかどうかはわからぬが、とにかく会うのが先決だ」

　そうですねぇ、と弥市は肩をゆすりながら、

「それにしても待たせるぜ」

　と苦虫を嚙みつぶしている。

　ようやく若侍が戻ってきた。さきほどよりも態度は硬化しているように見えた。やはり、突っ立ったままである。

「主は会いたくないと申しておるので、お引き取りいただきたい」

「しかし、まだなんのため面会を申し込んだのか、それも告げてはおらぬ先から帰れという話はあるまい」

　千太郎がしごくもっともな言葉を吐いた。

　弥市は、そういえば、この若い侍は会う理由も聞かずに奥に引っ込んだのである。しかも返事は引きとれという。千太郎に、まったくおかしな家だと目で合図を送った。

　千太郎は、その目つきに応えるように、ぱちぱちさせながら若侍に一歩近づき、

「そなた、名をなんという」

　きりりとした声で訊かれて、ぎくりとしたらしい。

「な、なんです、その態度は」

「名を名乗りなさい！」

それほど大きな声ではないのに、周囲を切り裂くほどの迫力があった。若侍は、恐れをなしたらしい、

「あ、は……、澄川保介《すみかわやすすけ》といいます」

「わかった、ならば澄川、早く主のところへ連れて行け」

そういうと千太郎は返事も聞かずに、さっさと玄関をあがっていった。

六

澄川は慌てて、こちらです、と案内をする。

豹変した千太郎の態度は、鬼神をも傅《かしず》かせるだろう、と弥市は驚いている。

澄川は千太郎の無言の迫力に完全にのまれてしまったらしい。まるで家臣のように腰をかがめて、先を案内する。

奥方が不義を働いてそれを機に引っ越したわりには、いい家である。きれいに拭き掃除はされているし、少し見えた部屋には花が一輪飾られているなど、目が行き届いていることに千太郎は首を傾げた。

廊下を二度曲がったところで、澄川は足を止めその場に正座して、部屋に向かった。

「お客さまをお連れいたしました」

なかから返事はない。

澄川がまた声を上げようとしたが、千太郎は返事を待たずにがらりと障子を開いて足を踏み入れた。

白い顔をした男がだらしなく居眠りをしていた。そばには、酒の膳が転がっていた。

これが当主の圭三郎だろう。刻限は九つ半。まだ出仕で城にいる頃のはずだが、真っ赤な顔をしているのは、昼から酒を飲んでいるからのようだ。座敷は、酒の臭いが充満していた。

「なにをしておる」

千太郎は、静かに座ると低い声で訊いた。

「なに？」

向けた目は焦点が合っていない。

瞳は、どんよりと濁っている。

千太郎の後ろに控えている弥市は、聞えよがしにちっと舌打ちをした。その音が聞こえたのだろう、

「町方風情《ふぜい》が生意気に。勝手に屋敷に入ってくるとはなにごとだ」

ふらふらと体を揺らしながら起き上がった。

「この親分は私が連れてきたのだから、文句はないはずだ。それより、奥方はどうしたのだ」

単刀直入な問いに、圭三郎は目をむいた。

「なんだって？」

「そんな夫では不義を働かれても仕方あるまいな」

「うるさい……どうしてお前がそんなことを知っている」

「知らぬ者はおるまい」

「ううう」

圭三郎は唸り続ける。

千太郎は、そんな圭三郎を冷たい目で見ている。

「いまごろ泣いているようでは、話にならぬ」

「……お前は誰だ」

圭三郎は澄川を呼んだ。

「誰が連れてきたのだ！」

「は……あの」

しどろもどろの澄川に代わり、千太郎が答えた。

「私が勝手に入ってきたのだ。この者に責任はない」

「なんだと？」

ようやく千太郎のすっきりした佇まいに気がついたらしい。圭三郎はどろんとした瞳を動かした。

しかし、しっかと見開いた目はそれほど愚鈍には感じられない。

「何者だ……おぬしは」

千太郎は、それには答えず、

「それより本当のことを聞きたい」

「……？　なんのことだ」

「話したくないのであろうが、いつまでもそんな姿をさらしているつもりか」

「なに？」

「ひょっとしたら不義というのはなにかを隠すための隠れ蓑、あるいは罠ではないのか？」

「なんだと？」

「それなら名誉を回復させてあげられるかもしれぬ」

「……馬鹿な話を」

「否定せぬところを見ると、やはり不義は嘘か」

「だから、どうしてどこの馬の骨とも知れぬお前がそんなよけいなことを」

「常三郎という男と奥方はいまどこにいる」

「ふん、知らぬわ、そんなことは。不義をされた当の俺がそんな裏話をわざわざ話すとでも思っておるのか」

「せっかく助けてあげようと考えていたというに」

「……くだらぬ」

圭三郎は、杯に手を伸ばした。

弥市は、こんな侍がいるのかという顔で千太郎を見つめた。もう帰ろうという意味の目線だった。

千太郎は、弥市の目に頷きながらも問いただすのをやめない。

「圭三郎とやら」

「なんだ」

威厳のある態度に圭三郎は気後《おく》れをしている。

「常三郎はどこにいる」

「だから、知らん」

「奥方はどこだ」

「……うるさいお人だ」

「ふたりはいっしょに隠れているのか？」

「さぁて……」

　とうとう圭三郎は後ろを向いてしまった。

　そんな態度を見たからだろう、千太郎は苦笑しながら、

「今日のところは帰ろう。だがな……おぬしの態度を見ることでなにが起きたのか判断をすることはできた」

「なに？」

「おぬしの人となりを見たかったのだがな。まぁ、なんとなくわかったから今日はこれで良しとしようか」

「…………」

　圭三郎は、後ろを向いたまま二度と千太郎の顔を見ようとはしなかった。

谷山家を出ても、弥市は不満そうだ。

「旦那……あんな奴は放っておきましょう」

「そうはいかぬ」

「しかし……なにをしに行ったのかよくわからねぇや。なにか成果があったんですかい?」

「あの圭三郎という人間を見たかったのだ」

「あんなぐだぐだ野郎、どうでもいいじゃありませんか。あれじゃ、嫁を他の男に寝取られても仕方がねぇ」

「違うな。あの荒れ方は偽物だ」

「しかし、だらしのねぇ侍です」

「親分、そんなことでは本当の人間を知ることはできぬぞ。あの飲み方は周りをごまかすためだ。その証に、膳の上には杯しかなかった。膳は綺麗だった。あれだけ泥酔しているとしたら、もっと応対が異なるはずだ」

「けっこう酔っていたように見えましたがねぇ」

「あれは、私たちが部屋に入る寸前に、酒を飲んでいるように見せかけたのだ」

「どうしてそんなことがわかるんです?」

「部屋が酒臭かったであろう。あれは、酒をまき散らしたからだ」

「はぁ……」

「飲んでいるだけで、部屋があれほど臭くなるわけがない」

「そんなもんですかねぇ」

弥市は、首を傾げている。

「では、常三郎さんはどういうことになったんです？」

「わからぬが、不義を働いたというのはおそらく嘘に違いない」

「どうしてそんなことが？」

「それをこれから調べるのだ」

「どうやって？」

「お糸が鍵を握っているに違いない」

「へぇ？」

「……ふふ。犯罪の影には女ありだ」

弥市は、口を尖らせながら、

「そんなおかしな話はねぇでしょう。お糸という女はただの茶屋女らしいじゃねぇですかい」

「だからこそ鍵を握っておる」

「なぜです？」

「親分……質問が多いなぁ」

千太郎は苦笑しながら、足を止めて、

「とにかく調べるのだ」

そういうと、すたすたと先に進みだした。

七

嘉治郎がお糸を捜して門跡前の住まいに着いたのは、千太郎と弥市が谷山家を出た頃だった。

棟割にしては綺麗な長屋だった。多五郎店《たごろうだな》という長屋で、職人が主に住んでいるらしいとわかるのは、木戸の周りに、いろんな引札がべたべたと貼ってあるからだ。

だが、ほかの長屋なら斜めに貼ってあったり、数枚剝がれかかっていたり、重なっていたりということがあるのだが、整然と貼られていて、木戸番の話によると、それは大家の趣味らしい。

そんな大家だから、住人もそれにならってしまうというのだった。

嘉治郎が木戸を潜ろうとしたときに、不思議な光景を見る。

娘ふたりが、自身番から出てきたのだ。

顔を見て嘉治郎は思わず声を上げた。

「あなたたちは！」

「あら……」

雪、志津という娘主従であった。

どうしてこんなところに、と不審な顔になると、志津のほうが、そばに寄ってきて、
嘉治郎さま……と囁いた。

「お糸さんのところに行くのですか？」

尋ねられて嘉治郎は、ついそうだと答えた。

雪という主人は、物珍しそうに木戸の前で引札を熱心に見ている。

「では一緒に行きましょう」

と志津が笑みを浮かべた。

「おふたりは……」

「もちろん、嘉治郎さまの弟さんを探そうとしているのです。そうしているうちに、

お糸さんという人の存在を知りました。なにかお糸さんが常三郎さんから聞いているのではないかと考えたのですが？」

「なるほど」

千太郎から、お糸の話を聞いてくれと頼まれた。同じように、この娘たちも考えているのだろう。

「一緒に行ったほうが話しやすいだろうな」

「もちろんです。女同士なら打ち解けることでしょう」

嘉治郎は、うん、と頷いて一緒に木戸門をくぐった。

お糸の家は一番奥にあると番太郎から教えてもらっている。

奥まで行くと井戸の前で洗濯をしている娘がいた。

暑いのだろう、裾をからげて太腿も露《あらわ》にしている。細く白い腿が嘉治郎の目に入り、思わず足を止めてしまった。

嘉治郎が怯《ひる》んでいると、

「あなたがお糸さんですか？」

由布姫が傍に寄って訊いた。

「…………？」

声をかけられた若い娘は、怪訝な顔を返した。色白で目が優しい。茶屋で働いている女にしては、崩れたところのない娘に見えた。

着ているものは、木綿地の安物だろうが、太腿は露にしているとはいえ、清潔な雰囲気に包まれている。

「いま、入ってきた長屋の戸はすべて閉まっていました。でも、あなたの家と教えられたところだけが少し開いていたのです。それで……」

「あぁ……」

嘉治郎は、なるほどと感心しながら聞いている。

「……あなた様は？」

お糸は、洗濯の手を休めて訊いた。

「じつは……」

常三郎さんを捜しているのだ、と答える。後ろに立っているお方は、嘉治郎さんといい、その兄上だ、と伝えると、お糸は、はっとして立ち上がり、

「そのような方がどこにいるかなど知りません。お引き取りください」

けんもほろろに追い立てられた。

由布姫は、驚き、

「どうして……それほどの奥が隠されているということですね」

「なにをおっしゃっているのか、まるでわかりません。とにかく私は忙しい身ですから、お引き取りを」

由布姫は、じっとお糸の顔を見つめていたが、

「わかりました。では、帰りましょう」

あっさりと引き下がった。

志津は由布姫のそばに寄って、耳元で囁いた。

「そんなに簡単に諦めていいのですか？」

「まかせておきなさい」

由布姫は嘉治郎の前に立ち、

「帰りましょう」

と告げた。

嘉治郎は、娘に主導されて動くのには忸怩《じくじ》たるものがあるが、雪という娘の持つ凛とした態度に反対する気持ちは薄れている。

「わかり申した……」

大人しく、娘ふたりと一緒に長屋を出た。

長屋から離れるのだろうと思っていた嘉治郎は、雪という娘が少し早足になり、

「早く……こちらへ」

と誘いをかけられて、慌てて追いかけた。

「なにをするんです？」

「あのお糸という娘はなにかを隠しています」

「はぁ」

「あの娘が洗っていたのは男物でした」

「なんと」

嘉治郎はそこまで目が行き届いていない。

「必ず、出かけます。後をつけましょう」

「それであっさりと……」

「はい」

雪の瞳は輝いている。

「ほう……」

「……？　どうしました？」

「あなたの目は、あの千太郎氏とどこか似ている」

「え？　それはどういうことです？」

「さぁ……私にはわからぬが似ている」

「そうでしょうか？」

嘉治郎の前で、由布姫は微笑んだ。

そういえば、と志津が囁いた。

「あのお糸さんは、こちらが尋ねる前に常三郎さんの居場所など知らない、と答えていましたね」

「つまり、隠れ家を知っているということです」

嘉治郎はふたりの会話を聞きながら、うんうんと頷いているだけである。この娘たちは本当に探索が好きなのだな、と顔を見比べる。

「どうしました？」

「あ、いや……娘さんにしては活発なものだと思いまして」

「あぁ、このお嬢さまはじゃじゃ馬で知られているのです」

「志津……なにをこんなところで」

「いいではありませんか」

由布姫は苦笑いをしながら、

「そんなことより、長丁場になるかもしれません。いつお糸が出かけるかわかりませんからね」

「いや……おそらくすぐ出かけるでしょう」

嘉治郎が答えた。

「思わぬ訪問を受けたのです。すぐ伝えようとするであろう」

「そうかもしれません」

三人がお糸の動きを見張っているのは、通りに面したところにある葦簀張りの店だ。赤い毛氈を敷いた床几に後ろ向きで座っていた。顔が見られないように、である。

由布姫は、団子まで注文していた。

苦いお茶をすすりながら待っていると、お糸が風呂敷包みを抱えながら長屋から出てくる姿が見えた。

「あの風呂敷にはおそらく男物の着物が入っているのでしょう」

由布姫が呟く。

どこか慌てている様子なのは、やはり三人の訪問があったからだろう。

「行きましょう」

由布姫が最後の団子を取りながら、立ち上がった。

八

門跡前の長屋を出たお糸は、下谷の広小路に向かっているようであった。
人ごみを避けながら裏通りを進んでいく。
やがて東叡山寛永寺の前を通り過ぎ、谷中に向かった。
寺が並んでいるあたりを抜け、ある小さな寺の前でお糸は足を止めた。
周囲を見回すような仕草をしてから、境内に入っていった。
お糸の姿が見えなくなったのを確かめてから、由布姫たちが追いついた。
仁祥寺《にんしょうじ》と書かれた看板が寺の門にかかっていた。
「ここに隠れているのでしょうか？」
志津がつぶやいた。
「わかりませんが、とにかく入りましょう」
由布姫の言葉に、嘉治郎も頷いた。
境内は荒れていた。
普段、人が出入りするような雰囲気ではない。それだからこそ、こんなところに隠れているに違いない。

境内から入ってすぐ左に盛土されたところに、梵鐘があった。申し訳程度の屋根がついていて、雨風を避けているらしい。その奥にこじんまりとした庫裏《くり》というには狭い小屋が建っている。

そこからぼそぼそと話し声が漏れていた。

嘉治郎は、常三郎の声だ、と囁いた。

由布姫は、目で嘉治郎の合図を受ける。

「嘉治郎さん……踏み込みましょう」

「待ってくれ……少し心を整えて……」

「そんな面倒なことをしている暇はありません」

「しかし、なにがどうなっているのかまるで見当がついていないのに、すぐ踏み込むのは……」

「常三郎さんを助け出すほうが先です」

そういうと、由布姫はその辺に落ちている小枝を拾って、二度三度としごいて、

「よし、懐剣だけでは心もとない……敵がいてもこれなら戦えます」

走りだそうとしたら、嘉治郎が制した。

「これを使ってください」

脇差を差し出した。

柄が少しはげているような代物《しろもの》だが、由布姫は、ありがとう、と鞘を摑んで左手に下げた。

「嘉治郎さん……行きますよ。志津は見張りを」

はい、という志津の声と同時に嘉治郎は、小屋の入り口を蹴飛ばした。

由布姫がその行動に目を瞠《みは》る。

まさか大人しい嘉治郎がそんなことをするとは思っていなかったらしい。

どんと大きな音がして、玄関の羽目板が外れた。

心張り棒をしていたわけではないのだろう、あっさりとなかが見えた。

嘉治郎が飛び込んだ。

部屋は板の間だった。

真ん中に囲炉裏があり、その周囲を人が取り囲んでいる。

「兄上！」

「常三郎！」

嘉治郎は、小屋の全体を見回した。

常三郎にお糸、そしてもうひとり内儀ふうの女がいた。顔は青くやつれて見える。手や腕も細く苦労の跡が感じられる女だった。

「どうしたのです、こんなところに！」

常三郎が驚きの目で叫んでいる。

「お前こそ……」

すると、内儀ふうのやつれた女が、わぁ！　っと泣きだした。

嘉治郎の後ろにいた由布姫が、一歩前に出て、しゃがみながら、

「谷山圭三郎のお内儀ですね？」

女は小さく頷いた。

「世津《せつ》と申します……」

「どうなっているのです、これは……」

由布姫は、顔を曇らせるしかなかった。

「常三郎、これはどうしたことだ？」

嘉治郎は、弟の手を取る。

「兄上……お久しぶりです」

「そんな話は後だ、説明せよ……」

はい……と常三郎が語りだしたのは、驚くべき話であった。

常三郎が養子となった谷山圭三郎は同輩からも英邁《えいまい》の誉れが高い男だったという。

将来は、普請組の組頭からさらに、出世するのではないかと周りから見られているほどであった。

だが、その才を嫉妬した上司の室田佐太夫《むろたさだゆう》という男がいた。

室田は仲間内からも陰険な男と知られていて、才のある圭三郎は目をつけられたらしい。

圭三郎は、侍でありながら十露盤《そろばん》が達者であった。そのために、普請組でも重要な役目を与えられるようになるはずだったのである。

自分より上になりそうだと感じた室田は、出世の邪魔をすることにした。

だが、仕事ではどうやっても敵《かな》わない。

そこで、室田はとんでもない罠を編み出したのである。

「それが、不義密通か……」

嘉治郎は驚きの声を上げている。

常三郎は忍び泣きを続ける世津の声を聞きながら、

「ある日、剣術の稽古から帰ってくると、駕籠が待っていました。父上が来てほしい、というようなことをいわれたのです。なにごとかと不審に思ったのですが、供の者がいうには内密にとのことだったのです」

「それが……罠」

由布姫が世津を見ると、世津は頷き、

「私も同じように駕籠を回されて、それに乗ったのです。旦那さまからの言付《ことづ》けだといわれました」

「駕籠のなかから外ははっきりわかりません。着いたところが、どこぞの寮のような建物でした」

ふたりの話をまとめると、そこは誰かの寮で、着いてみるとそれぞれ別々の部屋で待つように指示をされ、膳が出た。

やがてその寮に圭三郎と室田がやってきた。

室田からいい酒が入ったからと誘われて、今度はいいところに連れて行ってやるといわれて、その寮に来たらしい。上司である室田の誘いを断ることはできなかった。そんなことをすると、後でどんな嫌がらせを受けるかわからない。

圭三郎はある部屋に入って驚愕する。

蒲団が敷かれていて、裸の世津と常三郎が抱き合って眠っていたのである……。

「おそらくは、食べ物か吸い物のなかに眠り薬が入っていたのでしょう。あとで調べたら、その寮は室田が懇意にしている生薬屋《しょうやく》の寮だとわかりました」

「それが不義密通だということになったのか」

「ふたりとも裸で寝ていたのです。言い訳は通りませんでした。もっとも、父上はすぐ罠だと気がついたようでしたが、室田がそれを……」

「広めたと」

「はい……」

常三郎は涙も流れないらしい。

聞いていた由布姫は、憤りで真っ赤な顔になっていた。

「なんという卑劣な……」

思い出したように常三郎が嘉治郎に告げる。

「そういえば、遊び人ふうですが、密偵と思える男を本堂の隠れ部屋に押し込んでありますが」

「なんだって?」

おそらく徳之助だろう、と嘉治郎は由布姫の顔を見つめた。

由布姫は、志津を呼んで徳之助を助けてくるように伝えた。

九

志津が徳之助を探しに行くと、嘉治郎を呼ぶ声が聞こえてきた。

「あれは弥市親分？」

嘉治郎が小屋から外に出ると、千太郎と弥市の姿があった。

「どうしてここに？」

「なに、お糸の長屋に行ってみると、誰もいねぇ。それでとなりの住人に聞いてみたんだ。そうしたらさっき、女ふたりと浪人がきて、喧嘩をしていたようだったという話を聞いてな」

「ははぁ……」

「だけど、お糸は四半刻前に出かけたというからどこにいるかわからねぇか、と十手を見せつけて尋ねたら、たぶん仁祥寺だろう、と教えてくれたというわけで、来てみたってわけですよ」

嘉治郎は、小屋のなかで縮こまっているお糸の顔を見る。

「この寺のことを教えていたのか」

「私が三日以上帰って来ないようなことがあったら、谷中の仁祥寺を訪ねてきてください、と予《あらかじ》め教えてあったのです」

「それはまた先を読んだものだな」

「いえ……常三郎さんの考えです。室田がまたなにを仕掛けてくるのかわからないから、といいまして……」

「そうであったか」

嘉治郎は、常三郎を見つめる。

ようやく、いままでの葛藤から解放されたのか、涙が流れ始めていた。

「兄上……」

「よい、心配するな……だが、圭三郎どのにこの寺のことは？」

「はい、教えてあります」

「そうであったか……」

千太郎は、常三郎の言葉に頷きながら、

「雪さん、来ていましたか」

「はい」

由布姫が照れながら答えた。

弥市は半分ちゃかすように、

「この娘同心たちの働きも驚きです……女とは思えませんや」

その言葉に、皆が表情を崩した。

そこに志津に連れられて徳之助が歩いてきた。

「おやぁ？　千太郎さんに親分さん」

「なんでぇ、そのでれでれした顔は」

「へへへ、このお嬢さんがやけにやさしくしてくれたんでねぇ」

「ばかやろう！　てめぇが捕まったりするから大騒ぎになっていたんじゃねぇかい。どうにか連絡はできなかったのかい！」

「親分、それは無理だ」

「なぜだい」

「こんな場所に捕まったままだ、逃げようにも逃げられねぇ。これは大人しくしているに限ると思ってね」

いつか助けがくるだろう、と思っていたと徳之助はまったく悪びれずに、むしろ捕まっていたのを楽しんでいたような顔つきである。

それを見て千太郎は、そのくらいの度胸は必要だろう、と笑っているが、弥市は口を尖らせながら舌打ちをするだけであった。

「おめぇが油断しているからこんなことになるんだ」

徳之助は頭をかくだけである。

嘉治郎が千太郎に体を向けた。

「千太郎氏……」

なにか決意をしている様子が伺える。

「わかっておる。このまま室田なる者をほうってはおけぬ、というのであろう」

「はい……」

「どうしたものか……」

千太郎はしばらく思案していたが、

「私にまかせろ」

「はい？」

「いいからまかせておくんだ。それまでよけいなことはするでない。よいな」

まるで自分の上司、いやそれ以上の地位ある人に命じられたような貫禄ある千太郎を見て、嘉治郎だけではなく、常三郎、そして志津までもが陶然とした目つきをしているのだった。

十

常三郎たちが隠れていたのは、世間から隠れるという理由もあったが、室田がそれ以降もどんな理由をつけて意地悪をするかわからぬ、という圭三郎の考えもあったらしい。

家族が消えたらそれなりの世間からの目があることは覚悟していたというのだ。それより、室田が家族になにをするかわからぬ、という恐れがあったらしい。

それほど室田という男は圭三郎のことを嫌っているのか、と千太郎は不思議な思いがあった。

そこだけがなんとなく釈然としない千太郎と弥市だったが、とにかく、室田をとっちめないことには、雪と志津という娘同心だと言い張るふたりが黙ってはいないだろう、と千太郎は弥市と笑うのだった。

仁祥寺の件が終わってから、千太郎は片岡屋から二日ばかり姿を消していたのだが、ぶらりと帰ってくると、すぐ弥市を呼び出して、これを室田と谷山の両家に届けるようにと文を渡した。

中身を訊くと、

「果たし状だ」

とあっさり答えた。

「果たし状？」

「室田家と谷山家のな」

「そんな……」

「心配はいらんぞ、町奉行にはきちんと届けてある」

「はぁ？」

いつの間にそんな離れ業ができたのか、と怪訝な目で千太郎を見た。付き合えば付き合うほど、よくわからないところを見せる千太郎である。

「早く行け」

凛とした声で命じられて、弥市は慌てて両家へすっ飛んで行ったのである。

翌日の夜五つ半（九時）。

場所は、浅茅が原の弁天池前であった。

数人の影が月明かりに照らし出されていた。

ひとつは千太郎。

さらに弥市。

そしてふたりの影が対峙している。

片方は谷山圭三郎。

そしてもうひとりは、室田佐太夫。

それぞれ後見人として、谷山常三郎と室田の伯父という室田正兵衛《しょうべえ》が立っていた。

見届け人は、千太郎である。

弥市はどこでどうやって、こんな場面を作り出すことができたのか、思案の外である。自分ではこんなやっかいな果し合いなど演出するだけの力はない。

「室田、谷山、両家へ申し渡す。これは遺恨試合であると思ってもかまわぬ。両家とも思いきって戦え。勝負はときの運。試合は遺恨でも終わったらそこまでである」

深夜の浅茅が原に響く声は、周囲の木々を震るわせるほどの力があった。

戦う二人は白襷に白鉢巻。

室田佐太夫は、どこかおどおどしている。

伯父の正兵衛は、はじめ後見人を嫌がったらしい。だが、幕閣からの命令だといわれて驚いた。どこからそんな指示が生まれたのか。それほど谷山家というのは力があるのか、と目を丸くした、とわざわざ闘いの前にひとり語りをしたほどである。

佐太夫はそれほど親類筋でも嫌われているということがわかる話だった。

圭三郎は、弥市が初めて会ったときとはまったく異なる顔つきであった。それを見ると、千太郎が、あれは偽酔いだと看破した言葉を思い出す。

「いざ、いつでも始めるがよい」

千太郎の声を合図に、ふたりが刀を抜き、構えた。

先に動いたのは、佐太夫であった。

青眼から上段に構えなおして、走り込んでいく。

圭三郎もそのまま前進した。

お互いの刃が交差した。

振り下ろされた佐太夫の刃を、圭三郎は右手を上げて払い、そのまま袈裟懸けに振り下ろした。

佐太夫は、後ろに飛んでその切っ先をはずす。

しばらく対峙が続いた。

「室田どの……」

圭三郎が語りかけた。

「まだ、あのことを遺恨に思っていたのですか」

「うるさい……」

「世津が私を選んだことがそれほどまでに気に入らぬと……」

「やかましい！」

じりじりと佐太夫が間を詰め始めた。

そのやり取りを聞いて、弥市は初めて室田がどうして圭三郎にあんな罠をかけたのか、ようやく得心がいった。

女に対する気持ちだったらしい。

ふたりの会話だけでは詳しくはわからぬまでも、内儀の世津に室田は懸想《けそう》していたと思える。

だが、世津に選ばれたのは圭三郎であった。

そこで、ふたりの間に遺恨が生まれた……。

「これはお互いの遺恨試合だ。儂にもお前には恨みがある。斬ってもよいとのお墨付きがあるのだからな」

「お互いさまだ……」

今度は先に動いたのは、圭三郎だった。

右下段に構えたまま、すすっと前に進むと、

「きえ！」

左斜め上に向けて摺り上げた。

だが佐太夫は、体《たい》を躱して横に薙ぎ払った。

圭三郎は、それを待っていたとばかりに、飛び上がり、上段から刃を振り下ろした。

切っ先が逃げようとした佐太夫の頭をかすった。

佐太夫の髷《まげ》が落ちた……。

月明かりのなか、髷を斬られた室田の姿が無様《ぶざま》に浮かび上がっていた。

第四話　道灌山の西陽

一

千太郎がだらしなく、腕枕で居眠りをしている。

そばに治右衛門が座っていた。

小言《こごと》をいおうとしているのに、千太郎はまったく聞く耳を持たずにいるのだった。

「起きなされ！」

うう、と小さく唸っただけで千太郎は目も開かない。

「まったく、せっかく売ろうとしている懐剣を買わずに、しかも、小遣いまで与えてしまうとはどういうことです！」

「ふむ」

「いろんな事件に関わるのは仕方ありませんが、解決したときには必ずその際の戦利品といいますか、古物やら美術品を手にするのが本来のあなた様の仕事ではありませんか。それがなんです、今回は二度もいい品物が手に入りそうになったというのに、それを断るとは！」

ようやく千太郎は目を小さく開けて、

「そうか」

と答えた。

「そうか？　そうかとはなんです、そうか、とは」

「ふむ……頭が痛い」

「そんな言葉でごまかそうとしてもだめです」

「ごまかしてはおらん」

「頭が痛いのは私のほうです」

「頭が痛い……」

また千太郎はごろりと横になって、治右衛門に背中を見せてしまった。

「次回はしっかりいい品物を手に入れてもらいますからね。そんなところにごろ寝をしているだけで終わらせませんから」

治右衛門は怒りながら、ようやく長い小言をやめて離れの部屋から出て行った。

すれ違いにやってきたのが、弥市。

「旦那……」

返事はない。

「こっぴどくやられましたねぇ」

座敷の外で治右衛門の小言を聞いていたらしい。

「ふむ」

千太郎は背中を見せたままである。

「ですから、あんな姉妹に小遣いまであげるなど、やめたほうがいいと……」

そこで弥市は言葉を切った。

「旦那？」

千太郎の様子がおかしいことに気がついたのだ。

肩から息をしているように見えた。

弥市は、慌てて千太郎の後ろから前に回り込んで、額に手を当てた。

「これは……熱があります！」

千太郎が頭が痛いと唸っていたのは、本当のことだった。

「旦那……このままじゃ、ますます悪化します」

「ふむ……」

蒲団を敷きますから、と弥市は部屋を出て廊下を走った。

すると、前からこちらに向かう影が見えた。

「どうしました？　そんなに急いで」

「雪さん！」

歩いてきたのは、雪という娘であった。

「女同心さん……」

「あら、覚えていてくれたらしいわね」

「自分からそんなことをいう娘さんはそうそういませんからね。忘れようとしても忘れるわけがねぇ」

「それはうれしいこと」

大きな目を見開きながら、雪こと由布姫はにこりとした。

江戸はそろそろ秋の気配が濃くなりつつある。

夜になると、少し涼しいくらいである。それに合わせたか、薄い桃色に萩の小紋が散らばった小袖は、目鼻立ちのはっきりした由布姫に似合っている。

「おや？　おひとりで？」

いつも一緒にいる供の志津がいない。

「そうなの、志津はなんと風邪をひきましてねぇ」

「風邪？」

そこで、弥市ははっと息を呑んで、

「そうだ、蒲団だ！」

「まだ昼過ぎに蒲団を？」

「千太郎の旦那が熱を出してるんでさぁ」

「なんですって！」

由布姫は、慌てて千太郎がいる離れに速足で向かった。

「お雪さん！」

声をかけたが、止めるわけにはいかないと弥市は考え直した。

渡り廊下の角に蒲団部屋があり、戸を開くと、蒲団だけではなく、美術品なのだろう箱やら長持ちのようなものが一緒に押し込められている。

弥市は、蒲団を担いで戻った。

熱があるとしたら、夜着も必要になると思ったが、とりあえずは蒲団だけを抱えて部屋に戻った。

雪が、千太郎の頭に手を乗せて驚いている。

「弥市さん、どうしたのですこれは？」

「さぁ、あっしもさっき来たばかりで……」

「医師に見せないと」

「へぇ……その前に、あっしは夜着を取ってきます」

弥市は、部屋をふたたび出た。

由布姫は、千太郎の額から手を放すと、

「かかりつけの医師はいますか？」

「……いや」

「では、私が懇意にしている医師を呼びましょう」

「大げさにせずともよい」

「……」

由布姫は、一瞬怯《ひる》んだ、というより驚きの目をする。

「その喋り口調は……」

「あ、いや、すまぬ。そのようにしてもらわずともかまいません」

千太郎は、命令口調の言葉を変えたが由布姫の目つきは疑問の色が濃い。

「……あの」

「なんです」

「……いえ、いいのです。それより、まずは医師に見せましょう」

「いらぬ」

「ですが」

「私は元気だ」

「この熱で元気なわけがありませぬ」

「よい」

「いけません！」

押し問答を続けているところに、弥市が夜着を抱えて戻ってきた。

「これをかけてくだせぇ」

由布姫は、夜着を受け取ると千太郎の体にかけてから、

「弥市さん、蒲団を」

へぇ、と答えてすぐ蒲団を敷きだした。

その間も、由布姫は千太郎の背中をさすったり、首筋に手を当てて熱を測ったりと

かいがいしい。

「すまぬな」

千太郎が、目を開いた。

「なにをおっしゃいますか……」

ふたりの目線が交差した。お互いの気持ちを図っているようだ。

先に目をそらしたのは、由布姫だった。

あまりにも千太郎のまっすぐな瞳に照れたのだ。

「千太郎さまは……もしかして」

「ん？」

「……あ、いえ、なんでもありません」

「…………」

由布姫は、ふたたび夜着をかけ直した。

「それにしても志津といい千太郎さまといい。風邪がはやっているのでしょうか」

「……志津どのも？」

「はい……鬼の霍乱《かくらん》でしょう」

笑みを浮かべる由布姫に、千太郎は困り顔をする。

「そんな大変なときに、私などにかかずらっていてはいけない」

「なに、いいのです。いまは宿下がりをしているところですから」

「宿下がり？」

千太郎は、怪訝な目を由布姫に向けた。

「あ……あの」

「ふふ、よいよい。雪さんが町娘ではないことはわかっておる」

「はい……」

以前、由布姫は町娘ではなく武家で、名前も偽だろうと見破られている。いまの宿下がりという言葉は、千太郎の見立てが正しいことを証明したことになるのだが、由布姫はあえて否定はしない。

「そんなことは、いまどうでもいいのです。それより、あなたさまの熱のほうが大事です」

弥市が蒲団を敷き終わると、頭を冷やしてあげたい、と告げた。弥市は、へぇといって立ち上がった。

二

そうこうしているところに、今度はおどおどした声が表から聞こえた。

由布姫は、ふと小首を傾げた。

「あの……いまの声は？」

弥市が答える。

「あぁ、あの声は市之丞さんという方でしょう」

「どういうお方です？」

「あっしもよくは知らねぇんですがね、千太郎さんとは懇意にしているみたいで……へぇ」

弥市としても、自分を忘れてしまった千太郎を知っている唯一の人だろうと思っているのだが、本人たちはそんな話はしたことがない。そのために、弥市としてもよくは知らないのが本当のところである。

「そんな方がいたのですか」

「千太郎の旦那は迷惑そうですけどね」

「そうですか……」

由布姫は、表に出てみることにした。

市之丞は、残暑による汗をかきながらも、それをぬぐおうともせずにじっと立っている。いかにも実直そうな顔を見て、由布姫は、あっと叫んだ。

「あなたは……」

「あ……」

ふたりは奥山で出会っている。

「あなたさまが？」

「は？　なにがです？」

「千太郎さまのご家来？」

「……いや、あの家来というか、まぁそんなようなものです」

市之丞は曖昧に応じた。

その姿を見て、由布姫は目を細める。

ふたりの間には他人にいえないなにかが隠されているのではないか。市之丞は、その心の言葉に気がつき、

「あの……あんたこそ、どうしてこんなところに！」

わざと声を荒げることで、質問をごまかそうとしているのが感じられる。

まぁ、と由布姫は憤慨する。

そういえば、最初からこの侍は、どこか偉そうなところがあったと思い出す。

「そんなことより、千太郎さんはご病気なのです」

「なんだって？」

「熱を出して寝込んでいますから、今日のところはお引き取りを」

「そ、そんなことはできぬ」

「どうしてです？」

「できぬものはできぬ」

その答えに、由布姫は思わず志津と一緒にいるときのような態度を取ってしまった。

「そなた、名は！」

「…………」

しまった、という顔をした由布姫に、市之丞は怪訝な目つきで、

「そなただって？　そういえば、浅草で出会ったときも偉そうな言葉遣いをしていたが……」

ただの偉そうで跳ね返りの娘とは思えない。

「あなた様は、何者ですか？」

市之丞は、由布姫の顔を覗き込んだ。

「……そんなことより、まずは千太郎さんを」

そういうと、奥に戻り始めた。

その態度に、市之丞は首を傾げるが、市之丞の心配はそれだけではないのである。

「あの……」

先を行く由布姫に声をかけた。

「お供の方は？」

「宿下がり？」

「志津なら宿下がりしています」

商家の娘がご大身の旗本などへ行儀見習いに入ることは珍しくない。

「そうですか」

落胆の目つきで市之丞は、由布姫の後を追いかけながら、

「私の名は市之丞です。佐原市之丞」

「そうですか」

由布姫は、それ以上は追究しなかった。

「あなた様は？」

廊下を歩きながら尋ねる。

「ゆ……雪です」

「雪さん？」

「そうです」

「……そうかなぁ？　違う名前だったような気がするのだが……」

由布姫はどきりとした。どこかで志津が呼んだ名前を聞いていても不思議ではない。だけど、ここでよけいなことをいうと藪蛇《やぶへび》になる。

「人の名など、そのときの聞こえ方で変わりますからね。志津の声を聞き間違ったのではありませんか？」

「そうかもしれません」

市之丞は素直であった。

この暑さのなか蒲団に横になっている千太郎を見て、市之丞は、えへへと笑っている。弥市は怪訝な顔をした。

「千太郎……さん、鬼の霍乱ですか」

背中を向けているので、顔は見えないのをいいことに、揶揄《やゆ》しているのだろう。

千太郎は、ううと唸りながら顔を向けた。

「この男は……私が寝込んでいるのがそんなに楽しいか」

「普段、いろいろいじめられていますからねぇ」

「ばかなことを」

「だけど、このままでいられても困ります」

千太郎がちょっと耳を貸せ、と体を少しだけ起こした。

「なんです？」

市之丞は、訝しげに顔を近づけると、千太郎は小さな声で喋り始めた。

「よいか……よけいなことはいうな。私は自分がわからぬのだ。お前も同じよう相対せよ。私を探してきたという顔はするな。周りがなにか矛盾を突いてきても、とにかくそのようにせよ。お前は私の以前の家来だったが、いまは違うとでもいえ、わかったか」

囁き声が終わったかと思ったら、

「わ！　いたたたた！」

千太郎はいきなり市之丞の耳に齧《かじ》りついたのだった。

「あ、わわわ！」

耳を押さえながら、市之丞は体を起こした。片方の耳が真っ赤になっている。

由布姫は、そんなふたりのやり取りを見て大笑いをする。

つられて弥市も笑いをこらえるために、十手を取り出して磨くふりをしながら横を向いた。

市之丞は、腹を立ててはいるが、半分諦め顔だ。

「まったく……どうしてそういうことを」

「お前が私を忘れないためだ。こうしておけば、二度と忘れはしまい」

「自分を忘れたのは、あなた様でしょう」

「ん？ そもそも私はお前など知らぬのだ」

市之丞は、鼻白むしかない。

「あぁいえばこういう……まったく話になりません」

「そんなことより、なにか用事か」

その言葉で、市之丞は思い出したらしい、

「そうだ、そうです。大変なのです」

「私はいま頭が痛い。熱を出しておる。面倒はごめんだぞ」

「しかし……」

そこで口を挟んだのは、由布姫である。

「どうしたのです？　千太郎さんが話を聞けないのなら私が代わりになりましょう」

「はぁ？」

「あなたは知らないでしょうが、じつは私は女同心なのです」

「女同心？」

「隠密ですから他言は無用です」

本当か、と疑念の目つきを向ける市之丞に、由布姫はにこりと笑ってみせた。

三

市之丞が目の前に風呂敷包みを取り出して、これはどんなものかと千太郎に問う。

真っ黒な色をした茶器である。すこしいびつになっていて、ところどころ剝げているようにも見えた。

高台《こうだい》が少し欠けているのは、どこかにぶつけたからだろうか。

「千太郎さん、どうです？　これは高価なものでしょうか？」

畳に置かれた茶器を手にした千太郎は、回したり傾けたり、高台を見たりするが、

ぽんと置いて、

「大したものではないが、これがどうしたのだ」

「……これを売りたいという知り合いがいまして。売るとしたらどの程度のものかと」

「おそらく、二束三文だな。たぶん瀬戸物だろう。どこにでもあるような茶器だ」

「はぁ、そうでしたか……」

「これがどういたしたのだ」

「じつは……」

市之丞は、目を伏せながら、

「それを持ってきた者は、私の家に出入りする植木屋なのです」

「植木屋？」

「はい」

「どうして植木屋がこんなものを？」

「以前、どこぞの庭の手入れをしたときに、仕事がていねいだったということで、これをついでに持って行ってもいい、といわれたそうです」

弥市が、茶器を見ながら、

「まったく茶器などには縁のねぇあっしが見ても、たいしたものだとは思えませんがねぇ……」

「まぁ、話を聞いてもらおう」

その植木屋が三日前、市之丞宅を訪ねてきた。名を、三吉《さんきち》といって今年四十六歳になる男だという。

その三吉が、なぜか青い顔をしてこれを売ったらいくらくらいになるか、と訊きに来たというのだ。

「どうして市之丞にそんなことを訊くのだ」

「私が侍だから、茶器には詳しいと思ったらしいです」

「それはまた」

千太郎は薄笑いをした。

「最初は見当違いだと答えたのですが、それなら、詳しい人はいませんか、と……ならばとりあえず預かっておこう、と」

「それで、私のところへ？」

「そういうわけです」

「ふむ……しかし、その三吉はどうして、こんな安物を売りたいなどと？」

「問題はそこです。いくら尋ねても答えないのです」

「なにか急に金が必要になったんじゃありませんかい？」

弥市が、意見を挟んだ。

「そう考えるのが普通でしょうねぇ」

由布姫も賛同した。

千太郎は頭痛が続くのか夜着を頭から被ってしまった。その顔にはよけいなことにいまは首を突っ込みたくない、という気持ちが隠れているようだった。

「千太郎さん……体調が悪いのですね」

由布姫が問うと、面倒くさそうに首が動いた。

「では……」

由布姫は、にこりと笑みを浮かべると、

「私がその謎を解きましょう」

「へぇ？」

弥市が驚き顔をする。

同じように市之丞は、この娘はなにをいいだすのか、という目つきである。そんなふたりの態度をものともせずに、雪こと由布姫は、胸を張った。

「ですから、私は女同心なのです。少々難しい問題でも私の手にかかれば、たちどころに氷解するのですよ。ですから大船に乗ったつもりで事件を任せてもらいましょうか」

「なにをいうんです。まだ事件かどうかもわからぬというに」

市之丞は、とんでもないという顔だ。

「私はいま考えたのです。その植木屋さんに会って話を聞いてみましょうとね」

「なんと……千太郎さん、いいんですか？」

背中を向けたまま首だけが動いたのを見て、市之丞は、ため息をつく。

喜んでいるのは由布姫だけである。

「その植木屋さんの屋敷はどこにあるのです？」

「屋敷というほどのものではありませんが。根津からちょっと先に進んだ染井《そめい》という場所です」

「染井ですか……聞いたことがあります」

「染井は、桜の名所です。そのあたりに住んでいる植木屋たちが桜をいまのように綺麗にあちこちで咲くことができるようにしたそうですよ」

「へぇ、そうなのですか」

由布姫は、感心しながらその話を聞いている。

「いまは桜の季節ではないのが残念ですが……とにかくその三吉という人の家に行ってみましょう」

千太郎は、横になったまま手だけを出して、ひらひらと振った。さよならの意味にも、早く出ていけとも受け取れた。

三吉は、困っていた。

どうしていま頃こんなことになってしまったのか？

悶着は五日前に起きた。

いまは植木屋として大人しく生活をしている三吉に、過去を思い出す相手がやってきたのである。その男は、煮しめたような色の袷《あわせ》を着ていかにも貧乏臭く、金がないという雰囲気をぷんぷんさせていた。

三吉は最初誰が前に立ったのか、まったく気がつかなかった。

下谷御成街道沿いにある旗本の家に行き、植木に手を入れてきた帰りであった。

下谷広小路に入り、三橋を渡るあたりである。

人ごみを歩くには、ときどき体を斜めにしなければならないことがある。ごろつきや乱暴者と衝突すると、それをたねにあれこれと絡まれることがあるのだ。

五年前ほど前までは、そんな連中など恐れることはなかったのだが、いまは、できるだけ目立ちたくなかった。岡っ引きに目をかけられたりすると、最後は自分の首を締めることになるからであった。

「親父さん……」

「……？」

横に移動しようとしても、その男は近くに寄ってきて、そう声をかけてきたのだった。

「誰だい？」

「へっへ、五年も過ぎると仲間の顔も忘れてしまいますかい？」

「なんだって？」

三吉は、じっくりと相手の顔を見つめた。

「おめぇは……清六《せいろく》か」

「どうです？　以前とはまるで違っているでしょう」

「なにをやっていたんだい」

「へっへへ。要するにあの金で大盤振舞をしていたのは、わずか半月くれぇでしてね。

その後はまったくの貧乏暮らしでさぁ」

「そんなことはおめぇの勝手だ」

「そうですがねぇ……」

清六は、煙草の飲み過ぎなのか、脂《やに》臭い息を吐いた。

「いつ江戸に戻ってきたんだい。まだほとぼりは冷めていねぇと思うが？」

「親父さんが江戸にいるんだ。それならあっしがいてもおかしくねぇでしょう」

へっへへと卑屈な笑いを見せて清六は、ちょっと顔を貸してもらいてえ、と囁いた。

四

しょうがねぇ、と三吉は清六をそばの茶屋に連れて行き、床几に座った。清六は、酒はねぇのかと女に訊いたが、三吉は酒はいらねぇ、と心太《ところてん》を頼んだ。

それをみて、清六は苦笑する。

「心太だって？」

「酒はやめたんだ」

「へぇ……まぁ、親父さんの勝手だがな。ところで、あの金はまだ残っていますかい？」

にやりとした顔は、なにかを狙っている目つきだ。

「なにをいいてぇんだい」

「へっへ、ちょっと用立ててくれませんかねぇ」

「なに？」

「見たとおり、あっしはいま貧乏の極みでしてね。ちっとばっかり助けてもらえねぇかと思いましてねぇ」

清六の顔がいきなり強面に変わった。

「ばかなことを。どうしておめぇを助けなければいけねぇんだ。あのとき、分け前を渡したはずだぜ。そこで、俺たちの関係は終わりという約束だ」

「へっへ。まぁそうなんですがね。こっちの様子が少し変わったものでして」

「俺の知ったこっちゃねぇ」

三吉は心太をすすった。

「おめぇがいままでどこでなにをしていたのか知らねぇ。だがな、江戸に戻ってきたのも約束を違《たが》えているし、それにも増して、俺から金を借りようなんてぇのはとんでもねぇ話だ。とっとと江戸から離れろ」

「おっと……そんなことをいっていいんですかい？」

清六は、頬を歪めた。卑しい顔になる。

「なにがだい」

「親父さん……近頃、子どもを持ったらしいじゃねぇかい。養子らしいが可愛いもんでしょうねぇ」

「おめぇ……」

「確か、おたきちゃんといったな？」

「おたきに手を出すんじゃぁねぇ」

「さぁてねぇ。いま頃は元気に遊んでいるとは思いますがね。いつまでも楽しく遊んでいられるとは限らねぇからなぁ」

三吉は、ふた月前に迷子を助けていた。おたきという名の女の子だった。その女の子は、袋を持っていて、そのなかには黒い茶器が入っていた。

親が困ったらそれを使えという意味で渡したと思えた。つまりは、迷子というより捨て子である。

迷子はたいてい迷い込んだ長屋のみんなが助けて育てるのが江戸の習いである。おたきの場合もそうしようということになったのだが、三吉は自分がひとりで面倒をみたい、と申し出たのであった。

どうしてそんな気持ちになったのか、はっきりと説明することは難しいが、いままで悪事ばかりをしてきたのだから、そろそろ善行を積んでみたいと考えたのかもしれない。

しかし、盗っ人だった自分が子どもなどを育ててもいいのだろうか、と自問してみた。表向きは植木屋を二十年以上も続けていた。

出入りするのは武家屋敷だけではなく、商家もあった。

植木屋は、庭に出入りすることができ、屋敷の敷地内を歩いても疑われはしない。それをいいことに、盗みに入っていたのである。

三吉が盗みに手を染めたのは、いまから十年前のことだった。それは人助けであった。いまではそんな話はただの言い訳でしかないのだが、とにかく長屋の知り合いが借金を返さなければ、娘を女郎に売らなければいけない、という話を聞いた。それもわずか二十両である。

なんとか助けたいと思っても、三吉にそれだけの金はない。

そのとき、ふと頭に浮かんだのが、以前、庭木の手入れを頼まれた旗本の家だった。武家屋敷はどこも似たようなものだ。

それに屋敷内は広いために、警護もそれほど行き届いてはいないということを仕事を通して知っていた。

ちょっとした出来心だった。

人助けのつもりだった。

その旗本の家に忍び込んで、うまく二十両をくすねることができたのであった。

それを長屋の仲間に渡した。

博打でたまたま当てた金だから心配はいらねぇ、と安心させた。

ありがてぇといって、押し頂くように受け取った顔が忘れられなかった。

それ以来、ときどき困った人間がいたら助けることにした。

やがて、盗みが楽しくなった。自分にも人助けができるのかと思うと、それだけでうれしい。

法を犯しているという気持ちがないわけではなかったが、それ以上に、自分の懐が潤うのだ。楽しくないわけがない。

そんな盗っ人稼業をひっそりと続けているときに、同じ植木屋仲間の清六が三吉が以前仕事をした屋敷が襲われるのを怪しんだ。

そして、一緒にやろうということになったのだった。

ふたりの盗っ人稼業は、ある意味順調にいっていたのだが、仲間となってから三年経った頃、清六がもっと大きな盗みをやろうといいだした。

それまでは、せいぜい五十両程度の盗みしかしたことがなかったのである。

大金を盗むとそれだけ話が大きくなってしまう。

旗本などは、百両以下ならお家の恥と届けるようなことはあまりない。商家でも盗っ人に入られた店という評判を立てられたくないから、その程度なら目を瞑るのだ。

だが、博打にうつつを抜かし始めた清六は、もっとでかい金を盗もうと三吉に相談をしたのであった。

最初、三吉はそんな話には乗らねぇ、と断っていたのだが、これを最後にしようという清六の言葉に心が動いた。三吉としてもいつまでも盗人生活を続けることに疑問を持ち始めていたからであった。

狙ったのは、やはり警護の薄い武家屋敷であった。

あちこちの屋敷に忍び込んだ腕は、金額の問題は簡単に乗り越えることができた。

そのとき、二千両を盗むことに成功したのであった。

二千両を担ぐのは大変である。そこで江戸川沿いのどこぞの下屋敷を狙ったのが功を奏したのであった。

屋敷からは届出はあったらしいが、結局うやむやになったままであった。

金はふたりで五分五分に分配した。

そして、借金を返した清六は五年は帰らないという約束で江戸から離れ、三吉はただの植木屋にもどっていたのである。


「用立てろ、とはどのくらいだ」

「まぁ、千両あるんですからね。そこからどのくらい遣ったのかは知らねぇが……そうだなぁ、おたきひとりの命と引き換えとなると、五百両じゃ安いかなぁ」

「五百両だと……」

「本来ならもっと欲しいところだが、昔の仲間だ、この程度で我慢してやろうってんだ。ありがたく思ってほしいぜ」

「……盗っ人猛々《たけだけ》しいとはおめぇのことだ」

「へっへ。盗っ人ならお互いさまだぜ」

清六の下品な笑い顔を見ながら、三吉はあきれ果てていた。

このままではおたきに危険が及ぶかもしれない、と考えた三吉は、出入りしているある武家の屋敷に向かった。そして、顔見知りの若い侍に茶器を売りたいと申し出た。

価値がある品なら、必ず自分のところに買いに来るだろう。

だが簡単に売るとは答えないのだ。値を吊り上げるのもいいだろう。

そうしている間は、長屋の家にいろんな連中が出入りするはずである。その間、おたきがひとりになることはない。

しかし、三吉の狙いはおかしな方向に向かい始めるのであった。

五

片岡屋のある下谷山下から、染井に向かった由布姫は、根津神社に入って、お参りをした。祀られているのは、権現様と呼ばれる東照神君家康である。

市之丞は用事があるといって、帰っていた。

弥市はやたら熱心にお参りをするものだ、と感心する。弥市に神仏を崇める気持ちはまったくないからだ。特に、家康は自分にとってはまったくかかわりのない神様である。

神社を出ると、弥市はどちらに行くのかと訊かれた。

その尋ね方に少しむっとした弥市だが、

「雪さん……といったなぁ。あんたどこか千太郎さんに似てるねぇ。女の千太郎旦那みたいだ」

「あら、どうしてです？」

「よくわからんが、なにかを隠しているのと、普通ではない雰囲気を持っているところかなぁ」

「へぇ……千太郎さんにそんなところがあるんですか？」

「なにしろ自分を覚えていないというんだからねぇ。おかしな話じゃありませんかい？　そのわりにはときどきやたらと偉そうな態度を取ることがある。それがまた堂に入っているから、こちとら、へぇ、とすぐ頭を下げてしまうんでさぁ」

その言葉を聞いて由布姫は、くすりと笑った。

「そうかしら？」

「そうですよ。まぁ、そんなことはいまは関係ねぇですがね」

弥市は、そういうと雪と自称している娘の顔をじっくり見つめた。

「やはり、違うわ」

「なにがです？」

「ですから……町民じゃねぇ」

雪こと由布姫は、返答に困ってしまった。

まさか自分は、田安家と関わりのある姫だとはいえない。

「そのようなことは気にせずともよい。普通にしてくれたらそれでかまわぬ」

「ほら、その喋り方……」

あっと由布姫は、手を口に当てた。

弥市は、にんまりとして、

「まぁ、雪さんがどんなお人か、いまはどうでもいいでしょう。どこの武家娘さんかは知りませんがね、千太郎の旦那ともどもよろしくお願いしますよ」

「こちらこそ……」

由布姫は、弥市に笑みで返した。


染井は植木屋の町である。

三吉の家は、町の端のほうにあった。

普通なら、板塀やら白壁などが回っているのだろうが、このあたりは垣根が多い。

三吉の家も玄関に入る前に垣根がぐるりと回されていて、膝までの高さの垣根門が設えてあった。

先に弥市が敷地に入っていく。

周囲には、売り物なのか植木や鉢物が並んでいて、季節の花などが咲いているが、弥市にはそれがどんな種類のものかまるでわからない。

蔦に絡んだ薄い桃色をした花が並んでいるのを見て、由布姫は昼顔ね、とつぶやいた。

弥市たちの姿を認めたのか、男が家から出てきた。

幼い女の子の手を引いていた。おかっぱ頭で、つんつるてんの衣服だ。顔は汗で光っている。それを男が手ぬぐいで拭きながら、

「どちら様ですか？」

男の声は低く、体ががっちりしている。

黒っぽい衣服に、円のなかに三と書かれた法被《はっぴ》を着ていた。

「あなたが茶器を売りたいというお方ですか？」

ていねいな言葉に触れて、三吉は驚きながら、

「へぇ……そうですが、あなた様たちは？」

岡っ引き姿の弥市と、どこぞの町娘らしい連れに、三吉は怪訝な目つきでふたりを見比べた。

「心配はいらねぇ。俺たちは佐原市之丞さんに頼まれて来たんだ」

「あぁ、市之丞さん……」

その名が出て三吉は安心したらしい。

「ということは？」

「あぁ、茶器を見たのだがな……」

そういって弥市は、由布姫に目を向けた。

由布姫は、はい、と答えて、

「あの茶器をどこで手にしたのか、それを知りたいと思いましてね」

「買ってくれるんですかい？」

「はて、それはまだ決めていません。あの茶器がどこからきたのか、それによって、価値が決まるということがありますからねぇ」

「そうですかい……」

三吉は頷いた。

「じゃ、こちらへ」

まだ陽は高いが、三吉が案内した場所は中庭になっていて、よしず張りの店のような作りになっていた。藤棚のようになっていて、太陽を遮ることができるので、涼しい。

「で、どんな話をすればいいんです？」

「……あの茶器を売ろうとした理由はなんです？」

由布姫が訊いた。

「……それはもちろん、金が欲しいからですよ」

「そのようには見えませんよ」

由布姫が三吉と話をしている間、弥市は庭のなかを歩き回っている。

それを三吉は不安そうに見ながら、

「これでも内証はけっこう大変なんですよ」

町娘の格好はしているが、どこか凛とした態度を見せる由布姫に、三吉はどう応対したらいいのか困っている様子である。

だからといって、由布姫は態度を変えない。

「どうも、あなたはただの植木屋には見えませんね」

単刀直入な由布姫の言葉に、三吉は息を呑んだ。

「な、なにをいうんです」

「その目は油断ならぬ力をもっていますね」

小太刀の達人の目が三吉を射竦めた。

三吉の額から、大量の汗が流れ始めている。暑いせいだけではなさそうだ。由布姫は疑問に思ったのか小首を傾げると、

「やはり、あなたはただの植木屋ではありませんね。それに、この茶器ですが……」

「な、なんです」

「これは見る人が見たら、ある品物に似せて作ったものですよ。ここまでの仕事ができるのは、相当な技術を持つ人でしょう。それにあなたは関連しているのですね？」

「ちょ、ちょっと待ってくだせぇ。そ、そんな話は初めてでさぁ。じつは……」

三吉はそういって、おたきが迷子になって町内に入ってきた、という話をする。

町内で養うのを自分が面倒をみたいと考えて引き取っただけだ、と説明をする。

由布姫は、じっと聞いていたが、

「そうなのですか……どうやら嘘ではなさそうですね」

「もちろん本当のことでさぁ」

額の汗を拭いながら、三吉は必死である。

「どうしたのですか。それは冷や汗ですね」

「いや……」

「おたきちゃんの件はわかりました。では、あの茶器はどうしたのです。こういってはなんですが、あなたのような植木屋が手にできるような贋作《がんさく》ではありませんよ。盗んだのですね」

「ち、違う……」

三吉は、まったく身に覚えのないことで盗っ人といわれて、焦っている。

「身に覚えがないのなら、どこから手に入れたのか、きちんと教えてもらいましょうか」

由布姫の目は厳しい。

「…………」

三吉は、目を泳がせている。

「さぁ、はっきりしてもらいましょう」

そこに弥市が十手を振り回しながら戻ってきて、

「どうも、この家はおかしなところがあるなぁ」

と、三吉を見据えた。

「な、なにがです」

「あちこち、地面を掘り返した跡があるんだが、あれはなんだい」

「え？」

「まるでなにかを隠しているような様子に見えるぜ。やはりおめぇ、ただの植木屋じゃねぇようだな」

とうとう岡っ引きにまで、疑いをもたれてしまった。

「だけど……掘り返した跡とは？」

「裏側に行ったら、新しい土盛りがあったぜ。それもひとつやふたつじゃねぇ。けっこう掘り返されているんだ」

「まさか……」

「なにがまさかだい」

「いえ、こちらのことで」

三吉の顔色がどんどん悪くなっていく。

「三吉さん……なにを隠しているんです？」

それまで厳しかった目を和らげて、由布姫が訊いた。

「いや……それは」

そういって、三吉は周囲を見回した。

「おたきは？」

「あぁ、さっき俺と一緒に裏庭に向かったが、そういえば姿が見えねぇな」

三吉は立ち上がって、おたきの名を叫んだ。

だが、返事はない。

「おたきが消えた……」

「子どものことだ、どこか遊びに行ったんだろう」

そういえば、と弥市も怪訝な表情になった。

「子どものことだからあまり気にしてはいなかったが、俺たちの顔を見たら、どこか怖そうに震えていたな」

「それは、親分さんの姿を見たらたいていの者は怖がりまさぁ」

「そんなことはねぇ。俺はご用聞きだとは教えてねぇ。それに、あんな子どもが怖がるのはおかしいじゃねぇかい」

「それは、親分の顔が……」

「なにぃ？」

肩を怒らすが、弥市はそんなことより、おたきが消えたことに気が向けられていた。

「俺の姿を見て逃げ出すのはたいてい、悪党だ」

「まだ五歳の子が悪党ということはねぇですよ」

「心にやましいことがあるんだ」

三吉は、まさかとつぶやくが、あまり力がない。

そこに由布姫が、気がついたという顔をする。

「あの茶器はおたきちゃんが持っていたのではありませんか？」

「……どうしてそれを？」

三吉は、肩で息を始めていた。

六

床机に座った由布姫は、三吉にとなりに座るように勧めた。

汗をかきながら三吉は、どうしたものかと思案顔である。由布姫は、少し心を落ち着かせたほうがいい、と声をかける。

三吉は、肩で息をしたまま由布姫のとなりに座った。

「さぁ、話を聞きましょう」

弥市は、おたきを探してきます、といってその場から離れていった。

「おたきは逃げたのかもしれねえ」

と三吉は囁いた。

「逃げるようなことをしたのですか？」

「いや……じつは……」

三吉は苦渋の顔で、清六の話をする。

「つまり……あなたも一緒に武家屋敷を中心に盗っ人をやっていた、ということですね？」

「へぇ……申し訳ねぇ。でも、あれからはまったく足を洗ったんです……」

「もし、そうだとしてもあまり褒められたことではありません。いくら最初は人助けだとしてもねぇ」

「へぇ……ですから途中でやめようと」

「で、清六という人の塒《ねぐら》はどこにあるんです？　江戸に戻ってきたばかりでは、旅籠かあるいは、知人のところにやっかいになるしかないでしょう」

「それが、教えてくれねえんです」

「……そうですか」

「それより……野郎の目的はあっしが隠し持っていると思っている千両の残りだ……」

「…………」

「おたきは野郎からの贈り物だったのか……」

「おたきちゃんが、地面を掘り返していたことを知らなかったのですか？」

「まさかと思っていましたよ」

「そうですねぇ……迷子が清六から送り込まれた手先だったとは……それは気がつきませんよ」

「へぇ……」

手先というには、あまりにも子どもすぎるが、と由布姫は苦々しい顔をする。

三吉は、これからどうしたらいいのだろう、とため息をつく。

「おたきちゃんは諦めたほうがいいかもしれません。だけど、その残ったお金というのはあるのですか？　あたしはお金には困っていないから本当のことを教えても、心配はいりませんよ」

「……あんな金などとっくに使いましたよ。この家を買っただけではなく、珍しい植木を仕入れるにはけっこう金がかかるんでね。だけど、いきなり金を手に入れたような行動を取るのはやめていたから、周りは気がついてはいないと思います……」

「急にお金を使いだしたり、贅沢をし始めたり、おかしなことをしていたら、訴えがあったでしょう」

三吉は、頷いた。

「……すべて話をしたんです。助けてくれますかい？」

「助ける？　なにから？」

「もちろん、清六からです。野郎は金が目的だ。一銭もないとなったら、私を殺すでしょう」

由布姫は、そうねぇ、と思案しながら、

「その前に、おたきちゃんを捜しましょう。子どもなりに、自分は三吉さんに申し訳ないことをしたと思っているから逃げたのでしょう。私たちがきたのをきっかけにね」

「そうですかねぇ？」

おたきに騙されていたことに、三吉はすっかりしょげかえっている。

弥市が帰ってきた。ひとりだけだった。

「逃げ足の速い娘だ」

「最初から、逃げ道を知っていたということも考えられますね」

由布姫の言葉に、三吉はますます体を小さくする。

「まぁ、起きてしまったことは仕方がありません」

まるっきり元気がない三吉に、弥市は容赦なく問い質《ただ》した。

「あの女の子はどこで拾ったんだ」

ひとりでこの町内に迷い込んできたのだと答えた。そばに誰か大人はいなかったのか、と訊いたが、三吉は自分が見つけたのではなく、長屋に連れてきたのは、木戸番だったから知らないと答える。

弥市は、そうかと応じると、木戸番におたきが迷い込んできたときの話を聞いてくる、と長屋に向かった。

三吉は、沈んだ顔のままである。

由布姫は、長い間思案を続けていたが、

「こうなると、知恵を借りるしかありませんね」

「は？　誰にです」

「いいのです。黙って付いてきなさい」

どこか威厳のある娘の言葉に三吉は逆らうこともできない。もともと逆らおうとする気力もないだろう。

由布姫は、ゆっくり床机から立ち上がると、三吉に、行きましょう、と誘った。

弥市は、やたら咳をする番太郎と話をしていた。太っているせいか、喉が狭いのだ、と自分で言い訳をしながら話をする男だった。木戸の番をやりながら、菓子屋をやっている男で、子どもがときどき汗にまみれた握った手を出して、菓子を買っていく。そのたびに、話が中断するのが弥市には面倒だったが、途中で、余助《よすけ》というその男の話に弥市は目を瞠っていた。

「なんだって？　もう一度話してくれ」

「だから、男が一緒にここまで案内をしてきたようだった、といったんだ」

「それは本当か……で、その男はどんな野郎だったい」

「さぁねぇ。あまり江戸っ子には感じなかったなぁ。よれよれの服を着ていたしな。あれは旅帰りだぜ」

「どうしてそんなことがわかるんだい」

「顔色が真っ黒だったからな。江戸ッ子はあんな色黒は女に嫌われるから、なるべく陽にあたらねぇもんだ」

その話が本当かどうか、弥市にはどうでもよかった。

「で、その男とおたきとの仲はどんなふうだったい」

「どんなふうかと訊かれてもなぁ……女の子……確かおたきとかいったな、女の子はどこか嫌がっていたようだったが？」

「で、おめぇさんと会話は？」

「したよ……」

　ごほごほと咳をする。

「だから内容を訊いているんだ」

「迷子をそこで見つけたといっていたと思うが……女の子は、小さな声でそんなんじゃない、とか、迷子ではないというような言葉を呟いていたようだったが」

「本当か」

「あぁ、ごほごほ、本当だ」

　そこにまた子どもが来て話が中断する。

「……けっこう繁盛しているんだな」

「おかげさんでな……」

「じゃ、俺もなにか買っていくか」

「相手が子どもなら、これがいい」

　そういって余助が出したのは、ただの砂糖を丸めたお菓子だった。大きさは、弥市の小指の先ほどしかない。それでも口に入れてみたら甘かった。さっきから子どもたちが買っていくのはそれらしい。

「金はいいですよ」

「そうはいかねぇだろう」

「その代わり、おたきちゃんの親を捜してやってくださいよ。あのとき、親から引き離されたような悲しい目つきがかわいそうだったんでねぇ」

「親が捨てたと？」

「あっしにはそう見えましたがね」

弥市は、唸った。

ということは、清六はおたきの父親だったのか？　江戸にいたときは、独り身だった。ということは旅先で嫁をとったのだろう。

それにしても、我が子を使って三吉に近づかせて金を探させた……？

なんてぇ野郎だ、と弥市は呟いた。

余助がはっとするが、あぁ、こっちの話だ、と弥市は礼をいって番屋から離れた。

七

翌日、千太郎はようやく元気になり始めていた。

縁側から秋が近いと思わせる風が入ってきて気持ちがいい。

千太郎は夜着にくるまっている。

まったく自分でもこんなことがあるとは予測だにしていなかったとぶつぶついいながら、夜着をはぎ取ろうとすると、

「まだ、いけません」

「雪さん……」

雪こと由布姫がそばで水につけた手ぬぐいを持って、千太郎の額に当てようとしたところだった。

「雪さん……どうしてここに？」

「あら……昨日のことを覚えていないのですか？」

「さぁ」

「私が三吉を連れて訪ねてきたことも？」

「熱にうなされていたからな」

「そのわりにはしっかり疑問に答えていましたけどねぇ」

苦笑しながらも、由布姫はかいがいしい。

「私はどんなことに答えていたのだ？」

「あら……」

由布姫は、昨日の夕方、三吉を連れて来てからの話をする。

三吉は、清六から脅迫を受けた話をしてから、おたきは三吉の金の在処《ありか》を探せといわれて紛れ込んだらしいと語ると、おそらくは、長屋で面倒をみるとしても、三吉に近づけという指示を受けていたのだろう、と千太郎は断言した。

三吉は、子どもに騙されたのは仕方ないとして、清六のやり方が気に入らねぇ、と怒り狂っていた。

清六を捕縛するにも、どこにいるのか判明しなければどうにもならない、と由布姫は落胆の色を見せた。

そんなところに弥市が千太郎を訪ねてきたのである。

弥市は、清六とおたきは父と子のようだったという番太郎の話を伝える。

もしそれが本当のことだとしたら、清六という男は許さん、と千太郎は熱のある顔で叫んだという。

「ほう……そんなことを」

「本当に忘れたんですか？」

「私は自分の名前も忘れるような男だからな。昨夜のことなど覚えているわけがないのだ。わははは」

本気とも冗談ともつかぬ顔で答えた。

「ちょっと待ってくれ。ということは雪さんは……？」

「はい、昨夜はここに泊まりました」

「な、なにぃ！」

「あら、おかしなことはしてませんからご心配なく」

「なんてことだ」

本気で千太郎は苦り顔をする。

「なにをそんなに困るのです？」

「あ、いや……私は自分の名もわからぬ男だ。深入りはせぬほうがよいぞ」

「……なにか勘違いしてませぬか？」

「はて……」

「私は、おたきちゃんという子どもを助けたいだけです。そのためにはあなた様の知恵が必要です」

雪という娘になりきらなければいけない、と由布姫は一生懸命自分の心を隠している。本当は、心配でそばにいたかったとは口が裂けてもいえない。

「体が元に戻らなければ、頭も熱で冒されたままでしょうからね。それではみなが困ります」

千太郎は、明るい顔つきになり、

「なるほど、そういうことなら……」

由布姫の目はどこか寂しそうだ。

「心配するな。もう治った。敵とも戦える」

「そんなことではありません」

「おや？」

「いいのです。で、次はなにを？」

「清六を捜そう」

「どうやって？」

「ほら、そこに案内人が来ている」

笑いながら千太郎は、庭を指さした。

「おたきちゃん！」

由布姫は目を疑った。

その後ろには、弥市がなんともいえない顔つきで立っていた。

「どうしたんだ、親分」

「それが……あっしの後を追いかけていたらしいんでさぁ」

「ほう」

「すばしっこい女の子だぜ、まったく」

「どこに隠れていたのだ？」

「三吉の家です」

「ははぁ……まさか一度逃げたところに戻っているとはなぁ。弥市親分も裏をかかれたか」

「まぁ、そんなところで」

弥市は、さらにおたきが清六の居場所を教えたと告げた。

「浅草寺の裏にある小さな寺の奥の部屋がたまり場になっているそうです」

「たまり場とは？」

「どうやら、江戸から離れている間に悪い連中と手を組んでいたらしいんでさぁ」

「そいつらも一緒に江戸に？」

おたきちゃんによると、そうらしいです」

おたきがこくんと頷いたところに由布姫が、そばに行ってしゃがんだ。

「怖い思いをしたねぇ」

こくりと首を振るだけのおたきに、由布姫は怪訝な顔をする。

「雪さん……おたきは言葉を忘れたんでさぁ。今回のことがあって口がきけなくなったらしい……」

「なんと。では、どうやって親分は清六たちの居場所を聞き出せたんだね」

千太郎が問う。

「ひらがなで書き取りながら聞きました」

「なるほど、よく親分が子どもと仲良くできたものだなぁ」

千太郎が感心していると、

「これが役に立ちました」

弥市が取り出したのは、余助の店で貰った砂糖菓子だった。

菓子を与えながら、おたきの気持ちをほぐしていたというから、弥市としてはお手柄である。

おたきは江戸に着いたとき、塒になった場所が浅草だとすぐわかったらしい。母親から聞かされていた大きな風雷神門や五重塔があったからだった。

おたきの母親は、江戸の人ではなかった。

清六が上方《かみがた》に行く途中、駿府《すんぷ》で知り合った茶屋の女で、お澄《すみ》という名だった。

清六には、半分手籠《てごめ》にされたようなもので、そのまま一緒に住み始めてからおたきが生まれた。

だが、お澄は産後の肥立ちが悪くて、寝たり起きたりという生活を続け亡くなった。

それをきっかけに清六は、江戸に出てくる決心をしたらしい。

ここまで話を聞き出すのは大変だったが、おたきは賢い子だ。たどたどしくても、わかりやすい文を書いているうちに涙を流していた。

文字は母親が教えてくれたらしい。

おたきが多町《たちょう》という名を覚えていた。

清六を捕まえるべく、千太郎、由布姫、弥市の三人に加えて、案内役としておたきも一緒に浅草寺裏に向かった。

八

千太郎たちが浅草に向かったのは、暮六つを過ぎたころである。明るいうちでは、清六たちにも気がつかれてしまう。

だが心配がひとつあった。隠れ家を変えてしまうのではないか、逃げてしまうのではないかということだった。

だが、千太郎はその心配はない、と陽が落ちるまでのんびりしていた。

その間、おたきと一緒になって縁側で転がったり、庭の小さな池に足を突っ込んで遊んだり。

由布姫はそんな千太郎を見ながら、ひとつの推測を立てていた。

無邪気な姿はどうみてもただの浪人ではない。それに、あの物言い……。ときどき見せる気高き態度と、人を使い慣れている物腰などに加えて、千太郎という名前。

これらを考え合わせると、どうしても結論はひとつに向かっていくのだ。

つまり――。

稲月千太郎君と、目の前にいる千太郎は同一人物……。

おそらく志津に告げると、それは自分がそうあってほしいから無理矢理その方向に向けているのだ、と笑うことだろう。

だが、由布姫にはそう考える理由があった。それは、自分と稲月千太郎君との祝言がなかなか本腰にならないことである。

ふたりが祝言をすると決まってから、まだ一度も顔合わせをしていない。その理由は、由布姫自身がまだまだ体を縛られるのは嫌だ、といって日取りを伸ばさせているからである。

しかし、不思議なことに本来ならそれに対して、稲月家から非難があるはず。だが、それについては一度も重臣たちから聞かされていない。

一度だけ顔合わせのような宴を催したが、その日も千太郎君とは会話を交わしていない。

あのとき会ったのは、別人なのではないかと由布姫は疑いを持っていたのである。それでなければ、花嫁の顔を拝みたいと思うのは当然のはずであろう。

だけど、一度もそばに来なかった。

それは、偽の千太郎君だったからではないか？　おそらく千太郎君は、江戸の町にいたのだ……。

――つまり、目の前の千太郎さんが本当の稲月家の若殿、千太郎君……。

突飛な考えかもしれない。

志津はおかしなことを考えるな、と反対するであろう。

だけど……。

由布姫は、縁側に戻りおたきとじゃれ合っている姿を見て、推測は信念へと深まっていく。

それでも、危険な考えなことは確かだ。

もし、まったく違っていたら……。

普通に考えたら、そんなことが起きるわけがない。由布姫自身が江戸の町に遊びに出ているからといって、千太郎君まで同じようなことをするだろうか。

そんな由布姫の自問自答の目を覚まさせたのは、当の千太郎だった。

「さぁ、雪さん……そろそろ行きますか」

雪さんと名前で呼ばれるのが妙にうれしい。自分にそんな女らしいところがあるとは驚きである。

「はい……」

由布姫は酒に酔ったような顔をしている。

山下から浅草寺までは、急ぐと四半刻もあれば十分である。

だが、千太郎はまだ本調子ではないのだろう、ときどき休みながら通りを進んだ。

それに、おたきがいるのでなかなか速度は出ない。

途中から、弥市がおたきをおぶった。

通りの木々は葉の色を変え始め、そろそろ秋の気配がそちこちから感じられる。

季節の変わり目はどこか寂しげで儚《はかな》い、と由布姫は思いながら、千太郎の横を歩いた。

町娘の姿をしてはいるが、いざとなったら千太郎から小太刀を借りる手はずになっている。懐剣は持っているが、やはりそれだけでは心もとない。

普通の町娘としては剣呑な話だが、千太郎は別に疑問も持たずに、よし、と笑っていただけであった。

やがて、五重塔が黒く見えてきた。

暮六つを過ぎたばかりだから、まだ遠目が利く。

浅草奥山あたりは、これから人が増える頃だろう。そんな刻限に敵地に向かうのか、という弥市の心配に、

「そのほうが相手は油断しているだろう」

と千太郎は応じた。

浅草寺のなかは避けて、広小路から回り込むことにした。

片岡屋から持ってきた提灯に弥市が灯を入れた。ぼおっと提灯の周りが明るくなる。

背中でおたきが、わぁ、きれい、と場に似合わない声を上げる。言葉が戻ってきたようだ。

広小路と異なり、狭い通りだから左右に建つ武家屋敷の壁の一部がぼんやりと浮かび上がって、不気味である。

「旦那……」

弥市がおたきを一度おぶり直してから、提灯を振り向けた。

「野郎ども……いますかねぇ？」

「いなければ帰ってくるのを待つだけだ」

「しかし、もぬけの殻《から》ということも……」

「心配するな、それはない」

「どうしてです？」

「だから金をまだ手にしてない。それにおたきを捨てていくことはないだろう」

おたきの名前が出て、弥市の顔が少し曇った。

「へぇ」

おたきは、弥市の背中に顔をくっつけて寝息を立て始めた。それを見て、弥市は小さな声で話しかけた。

「ちと、心配があります」

「なんだ、いまさら」

「へぇ……本来なら三吉の家に潜り込んで、金を探す役目を清六にいいつかったわけでしょう？」

「ふむ」

「あっしたちの側に逃げてきたのも策のうちだとしたら。偽の場所を教えておいて、野郎どもはあっさりどこかに逃げたということになると……大変なことになりますぜ」

「そう思うのか」

「……わかりません」

「もし、それも策なら乗れば良い」

「ですが、逃げられたらどうします」

「それまでのことであろう。諦めろ」

「そんな……」

よほど千太郎は自信があるのか、弥市の言葉にもまったく動じなかった。

由布姫は、千太郎さんを信じましょう、と弥市に告げた。

おたきの寝息はまだ続いていた。


浅草も奥山を避けると、人の波は極端に少なくなる。ときどき、酔っぱらいが提灯をぶらぶらさせながら歩いていく姿を見る程度だ。

闇が周りを包んでいる。

ときどき、商家から嬌声が聞こえてくるのは、子どもたちが遊んでいるのだろう。

由布姫は、屋敷を抜け出して江戸の町を徘徊はしているが、暮れ六つまでに帰るのが武家のしきたりだ。

したがって、こんなに暗くなってから外を出歩く経験はほとんどない。闇とはこんなに恐ろしいものなのか、と内心、ひやひやしながら千太郎の横を歩いていた。

やがて、それまで雲に隠れていた月が出た。

「きれいですねぇ」

まだ満月には日があるのだろうが、月夜の道というのも楽しい。人の心にはどこか闇を楽しむ気持ちがあるらしい。

そんなことを考えながら、由布姫は速足で千太郎についていく。

それにしても、千太郎はそれほど急いで歩いているようには感じないのに、この速さはどうだ……。

「千太郎さん」

思わず、声をかけた。

「ん？ 疲れたかな」

「いえ……あなた様の体が気になるのです」

先ほどまでは、少し息が荒かったのだ。

「なに、復活したらしい」

「本当ですか」

「戦いに行く武者のようだからな」

笑みを浮かべたように感じた。横にいるために、顔ははっきり見えていないのだが、表情を推測できるのが楽しい。

「まだでしょうか？」

「多町はこのあたりだな……親分」

声をかけられた弥市は、提灯をこちらに向けながら、おたきを起こした。

おたきは、もう少し行くと、新来寺《しんらいじ》という寺がある、と弥市の背中で囁いた。

「町方が寺のなかに入るのですか？」

寺は寺社奉行の管轄である。

「そんなことを心配する必要はない」

千太郎があっさり答えた。

由布姫は、はい、と素直に応じた。

弥市の提灯が止まった。

「どうした？」

千太郎が問うと、弥市は、ここです、と答えながら、提灯の明かりを寺門に掲げた。

明かりに照らされた場所以外はよく見えないが、光が当たったところは黒板塀らしい。そこの一角に、厚い板が一枚貼り付けられていて、字が書いてある。新来寺と読めた。

「ここだ、間違いねぇ……」

弥市が呟いた。背中でおたきが頷いている。

千太郎は、由布姫を見てから、

「行くぞ……親分、提灯を」

弥市は、ふっと提灯に息を吹きかけた。

千太郎は、それを合図に静かに門を潜った。由布姫も続く。

九

境内はひっそりしている。

月が出ていなければ、周囲の様子はまったく見えなかったことだろう。だが、月明かりでなんとなく木々や小さく曲がりくねった本堂に続く石畳などが浮かんでいる。

本堂に向かって少しだけ進んで、千太郎は足を止めた。耳を済ましているらしい。

「聞こえるか？」

誰にともなく囁いた。

「別に……」

弥市が答えた。

「いや……聞こえるぞ」

千太郎は、あっちだといって体の向きを変える。

「本当ですかい？」

弥市は怪訝な声を出しながら続いた。

由布姫にも物音は聞こえなかった。

だが、千太郎は確証があるのかどうか、本堂から右に向かって進んでいく。

この寺に人はいないのかと思えるほど、草木が伸び放題だ。

と、前方から笑い声が聞こえてきた。千太郎の耳は確かだったと由布姫は舌を巻く。

あんなかすかな音まで聞こえるとは、と感心していると、千太郎が顔を向けて、

「ほら……」

微笑んだ。

「闘いでは耳が勝敗を決めるのだ」

確かにこんな場合、聴覚は勝敗の分かれ目になるらしい、と由布姫も得心する。

さらに奥に進んでいくと、小さな建物が見えた。庫裏にしては狭い。以前は修行僧が寝泊りする場所だったのかもしれない。

千太郎は、あそこだ、と指さした。

「雪さん、これを」

脇差を渡された。

「はい……」

由布姫は、左手で腰に当てた。

「ふ……さすが堂に入っている」

千太郎が褒めてから、行こうと囁いた。

弥市は、十手を手にしながら、様子を見てくるといっておたきを由布姫に渡した。

由布姫がおたきを抱えた。

弥市は、腰を屈めながら先に進んでいく。

千太郎と由布姫もその後にゆっくりと続いた。

ときどき、地面に生えている雑草に足を取られる。だが、砂利とは異なり音がたたないので、気がつかれる心配はなかった。

弥市が戻ってきた。

「話し声からすると、やつらは四人いるようです」

「清六がいるかどうかは？」

「さぁ……あっしは清六のことを知らねぇので」

そういって、背中のおたきの顔を覗いた。

「いたよ……さっき笑ってた」

おたきが由布姫の胸で小さく囁いた。

「そうか……それは重畳」

千太郎は、弥市を見つめてから由布姫に顔を向ける。

「覚悟はいいかな」

「そんな大げさな」

「そうか……」

ふっと笑みを浮かべて、千太郎は建物に向かった。

由布姫は、おたきを降ろして、ここから動かないでね、と松の木の後ろに座らせた。夜露に濡れるかもしれないが、仕方がない。

千太郎は楽しそうな顔をしている。

こんなときに、にこにこするのはどういう神経なのかと由布姫は疑ったが、その気配を知ったのか、

「こういうときはな、無理にでも笑顔になったほうが緊張せずにすむのだ」

「真《まこと》ですか？」

「もちろん、試してみたらいい」

そんなことができるか、と由布姫は心で叫ぶが、千太郎のいうことなら試そうと、

「こうですか？」

無理に笑みを浮かべた。

「そうそう、その顔が雪さんは美しい」

「ばかにしないでください」

「本当のことだ。それより楽しくなったであろう？」

「………」

答えはしなかったが、確かに気分が変わった。

千太郎は、小屋に体を向けた。

由布姫も足音を忍ばせて後を追う。

千太郎は、弥市に裏に回るように指示をしてから、由布姫をふたたび見つめた。

「よいか……」

「はい」

息がぴったり合っていると、由布姫はうれしくなる。

千太郎は、玄関のほうに向かった。

どうやって押し入るのだろう、と見ていると、玄関から少し離れたところから、い

きなり大きな声を上げた。

「火事だ！　火事だぞ！　逃げろ！」

まさかそんな叫び声を上げるとは思っていなかった由布姫は、驚き数歩下がってしまう。

玄関ががたがたと音を立てて開いた。

なかから、顔が覗いたその瞬間だった、千太郎が、男に向かって走りだした。

男はなにが起きているのか気がつきもせずにいただろう。あっという間にその場で当て身をくらって崩れ落ちた。

男が倒れたと同時に、またひとり後ろから姿を現した。浪人だった。その横からまたひとり若い遊び人ふうが顔を出した。

若いほうが、由布姫に挑んできた。

女だと甘く見たのだろう。

さっと由布姫は千太郎から借りた脇差を抜いて右手を前に出して構えた。その格好に若い男は驚いている。

その驚きが若い男の動きを乱した。

匕首を手にして上から振り下ろしながら、由布姫に向かったが、刃の位置がふらついている。

　由布姫はその隙を突いた。

　右手を前に出しながら、ささっと前進すると、突くと見せて体を右に捻った。男はその動きについてこられない。

　おそらく、由布姫の姿が目の前から消えたことだろう。

　あっと叫んだときには、由布姫の切っ先が喉仏の寸前で止まっていた。

「座りなさい！」

　凛とした声で命じられて、男は思わずその場にへたり込んでしまった。

　それを見ていた千太郎が、笑みを送ってきた。由布姫もにこりと微笑みを返した。

　だが、その笑みはすぐ凍りついた。

　浪人が、千太郎めがけて斬りつけたからだった。

　数歩下がって切っ先を避けた千太郎は、おもむろに鯉口を切って、

「名前くらいは先に知らせたらどうだ」

「うるさい。人の名を訊くなら自分からだろう」

「わっはは。盗っ人のくせに生意気だな」

「なに？」

「おや、盗っ人ではなかったか。泥棒の片割れか」

「くそ……」

千太郎の揶揄に浪人は顔を歪める。

「こしゃくな！」

下段に構え直してから、浪人は刃を摺り上げながら、ふたたび立ち向かった。だが、千太郎はそれもあっさりと躱し、

「無駄だからやめておけ。私は強いぞ」

「やかましい！」

浪人は聞く耳を持たずに、さらに横殴りに払いながら、前進する。

そんな仕草にも千太郎はまったく動じない。

「やめろやめろ、そんな喧嘩剣法は怪我の元だ」

そのとき、がたがたという音がして、誰かが裏から逃げようとする気配がした。

「親分、そっちだ！」

千太郎の叫びに、裏から弥市の声が戻ってきた。

怒声が裏から聞こえてきた。

「野郎は逃げそびれたか」

「野郎とは清六のことだな？」

「清六？　誰だいそれは」

「おや？　違ったのか」

「ふん……誰と間違えたのか知らぬが、迷惑な話だ」

「……しまったなぁ」

あまり失敗したという顔つきではない。

「名前など、いつでも変えることができるものだ。お前たちには清六とは教えてなかったのだろう。実の子どもが声を確認しているのだからな」

「…………」

「ついでだ、おぬしの名を聞いておこう。あぁ、私は目利き屋の千太郎。姓が千で名は太郎だ」

「……とぼけた野郎だ。その雰囲気はそこいらにいる浪人ではなさそうだが……まぁいいだろう。お前が名乗ったのだから、儂も答えるのが礼儀だ」

「おや、盗人にも礼儀があるらしい」

「やかましい……山口《やまぐち》遼太《りょうた》郎《ろう》という」

「ほう……立派な名だな」

「大きなお世話だ」

十

山口は、青眼の構えからそのまま前に進む。

千太郎は、同じ構えで動かずに相手の出方を待つ。

前進した山口は、千太郎の切っ先を弾いて、上から振り下ろした。

「や！」

千太郎は、跳ねられた刃の動きに逆らわず、その反動を利用して袈裟懸けに斬りつけた。

山口は数歩下がってそれを避ける。

そこでひと呼吸おこうとしたところに、一瞬の隙が生まれた。

千太郎はそれを逃さない。

素早く動くと、あっという間に山口の目の前にいた。

声を上げる山口の首筋に、切っ先を突きつけた。

「くそ……」

剣先と首の皮までは一尺以上間があるのに、山口は動くことができない。それだけ、気合いが鋭いのだ。

「動けば傷つくぞ。そのまま座るんだな」

大きくため息をついた山口は、いわれたとおり、膝を折り地面に正座した。

「思いのほか、素直だな」

笑みを浮かべて、千太郎が刀を引こうとしたそのときだった、座ったまま片膝立ちに山口が、横に刀を薙ぎ払った。

「おっと……抜刀術だな」

笑いながら、刃の腹で膝の下を囲い込んで払うと、そのまま前進して、上段から振り下ろし、肩を峰で打ち据えた。

がきりと音がして、山口は崩れ落ちた。

「よけいなことをしなければ怪我などせずにすんだものを」

雪崩れ込むように倒れた山口に、千太郎の言葉が聞こえていたかどうか……。

裏から弥市が縛った男を連れてきた。

すると、それまで声も上げずに松の木の影に隠れていたおたきが走り寄ってきた。

「お父つぁん……」

「なんだ。おたき、お前がここに連れてきやがったのか」

「………」

「よけいなことをしやがって」

「でも……悪いことはやめてほしかったから」

「うるせー！」

おたきの顔はくしゃくしゃである。

「おめぇなんざ、親でも子でもねぇ」

おたきは、わぁわぁ泣きだした。

千太郎は前に出ると、

「お前が清六か」

「ふん……清六の名は捨てたのよ。いまじゃ、駿府じゃちったぁ知られた男よ」

「盗っ人でか」

「まぁ、そんなところだ」

「……ひょっとして、おたきちゃんを送り込んで、その家に盗っ人に入っていたのではないか？」

「へぇ……おめぇさん、とぼけた顔をしているわりには賢いな。あぁ、おたきから聞いていたのかい」

「ばかなことをいうでない。おたきちゃんはそんなことはひとことも喋っちゃいない」

「け……どっちにしても、こうなったのはおたきのせいだ」

清六は、毒づいた。

と、千太郎は弥市から十手を借りて、

「ばかめ！」

肩口をぶちのめした。

「いてぇ……」

縄で縛られたまま清六は、倒れた。

そこに意外なことが起きた。

「お父つぁんを許してあげて！」

おたきが、千太郎の袖にすがりついたのだ……。

「お父つぁんを許して！」

五歳の子どもにしては、はっきりした言葉使いだ。だが、すぐまた意外な話が出てきた。

「あたいは、五歳ではないの……本当は九歳……体が小さいから、五歳でいろとお父つぁんにいわれて、ずっと……」

「ははぁ……それで言葉が喋れなくなったような真似をしていたのか」

弥市が腹立たしい顔つきをした。

おたきは、すみませんと頭を下げて、

「親分さんにいろいろ教えたのは、お父つぁんに盗っ人をやめてほしかったからです。それに、三吉さんの家に行って金の在処を探し出せといわれたけど……他人のお金を探すのはなかなかできませんでした」

「だけど、地面が掘られていたのは？」

「あれは、私のことに気がついてもらいたいと思ったからです。私がお父つぁんの回し者だと気がつかれたほうがよかったから」

「盗っ人をやめてほしいからな」

「そのとおりです」

千太郎も由布姫もその言葉に驚いている。

「親と違って賢い子だ」

清六は不貞腐《ふてくさ》れたまま、おたきの顔を見ようとしなかったが、

「ばかなことをいうな。おめぇは俺の子じゃねぇよ」

またまた周りは驚く。

「なんだと？」

弥市が千太郎から返してもらった十手をかざして清六を問い詰めた。

「ふん、本当さ。この子は俺が拾ったんだ。寺の前でな。江戸を離れる前、隠れていたのがこの寺だ。そろそろ出かけようとしたときに、この子が捨てられていたんだ」

「なんてことを……」

「なんと……」

おたきの泣き声が高くなる。

「泣いてもしょうがねぇ。本当のことだ。おたきだってそのことは知ってるんだ。それなのになにがお父つぁんだ、ふざけるな！」

それまで黙って聞いていた由布姫が怒りの声を上げた。

「ふざけているのはお前です！　たとえそうだとしても、お前のことをお父つぁんだと思っているおたきちゃんの気持ちがわからないのですか！　あなたは鬼ですね」

ぴしゃりといわれて、さすがの清六も顔をしかめた。

おたきは、それでも小さく、お父つぁんと呼び続ける……。

「みろ、育ててくれたおめぇのことを父親だと思っているから、悪事に手を貸していたんだ。もっとも、いまより小さな頃はそこまで気がつかなかったのかもしれねぇ。だが、成長して育ててくれた親がなにをしているか知ったんだ。だからなんとか泥水のなかから這い上がってほしいと思ったんじゃねぇのかい！」

泣き虫の弥市は、涙を流しながら啖呵を切った。

「あたいはなにをいわれてもいいんだ。お父つぁんはひとりなんだ。それまでは顔を知らなかった。どこにいるのかも知らない。おっ母さんの顔も知らない。だけど、新しいお父つぁんの顔は……」

おたきは清六の頰を手で包んだ。

「この顔なんだよ……」

わぁわぁと大きな声はさらに高まり、おたきは横を向いている清六にすがりついた。

弥市は、手で顔をぬぐいながら、

「てめぇ……なんとかいいやがれ」

千太郎と由布姫はお互いの顔を見合わせるしかなかった。

十一

片岡屋にある千太郎の離れには、由布姫が来ていた。弥市もいた。そして、市之丞も今日は顔を見せている。

これまで、いろいろ用意があったのですと言い訳めいた顔をしながら、千太郎の顔を意地悪く見つめる。

はっきりとはいわないが、どうやら、祝言に関して変化があったようだ。もちろんご破算になったわけではない。重役同士が、早くふたりの顔合わせをしっかり執り行ないたい、という話になり、その会談をまとめるために奔走していたらしいのだ。

もっとも、その話はみなが来る前に終わらせている。

そして不思議なことに、いままでなら千太郎は、そんな面倒な話は知らぬと、突っぱねるのに、今回は、

「そうか……ならば会おう」

と応じたことだ。

その態度に市之丞が首を傾げたほどであった。だが、千太郎は、ふふと意味深な笑

みを浮かべただけである。

そんな会話が終わったところに、弥市が来て、すぐ由布姫が来たのだった。志津は宿下がりから帰ったのだが、やはり、千太郎と由布姫の顔合わせをもっとしっかりやる、という重役たちとの折衝に駆り出されて、屋敷の外に出ることができずにいるのだった。

先日、由布姫はそんな志津に、千太郎さんは稲月千太郎君に間違いない、と語りかけた。最初はまさかと首を振っていた志津だったが、最後は、本当にそうか確かめましょう、と答えた。

そうやって、稲月千太郎と由布姫の顔合わせの日取りはとんとん拍子に進んでいるのである。

そんなことが裏で進んでいるとは夢にも思わぬ弥市は、おたきは三吉が育てることになった、と伝えた。

それはよかったと由布姫は安心する。

「清六は、駿府では六平《ろくへい》という名前でいたそうです。いつの間にか、子泣きの六という二つ名までもらっていたそうでねぇ……」

「子泣きの六か……」

千太郎は薄笑いをする。

「それだけ子どもを使った悪事をしていたことが知れ渡っていたのだな。それで江戸に舞い戻ってきたと……」

「まぁ、そういうことらしいです」

「でも、おたきちゃんが賢い子でよかったですねぇ。そうでなければ、まだ盗っ人を続けていたでしょう。そして、おたきちゃんは子どもだというのに、その片棒を担ぎ続けていた……」

由布姫の言葉に、千太郎と弥市は頷く。

市之丞は詳しいことは知らぬが、子どもを使った盗っ人が捕まったということだけは理解できている。

「幼い子を悪事に使うなど、とんだ野郎ですねぇ」

「はい」

由布姫が返答したところに、片岡屋の表玄関から声が聞こえた。

「お雪さまはこちらにお邪魔してませんでしょうか」

志津の声だった。

「あの声は！」

すぐ反応したのは、雪こと由布姫ではなく、市之丞であった。急に、そわそわし始めた。

「どうしたのだ」

千太郎の問いにも、しっかり答えられない。

「お雪さん……あれは？」

「はい、供の志津ですよ」

「やはり……」

いきなり立ち上がると、自分が迎えに行くといって部屋から出ていった。千太郎と由布姫が目を合わせる。

弥市は、怪訝な顔をしている。

市之丞は、表に出て目を瞠っていた。

やはり、そこにいたのは、ずっと探し続けていた志津である。主人の雪という娘が千太郎と出会っていたのだから、自分もいつかは会えると信じていた。

だが、その日がなかなか来ずに、じつは焦っていたのである。

「志津さん……」

相手の志津の目が輝いているような気がした。お互いがお互いの目をじっと見つめ合っている。

十露盤《そろばん》を弾いている帳場の治右衛門が、なにをしているのだ、という顔で覗き込んでいる。

初めて会ったわけではないのに、ふたりはまるで初対面のような態度を取りながら、

「志津さん、ですね」

と市之丞が訊いた。

「はい……」

うつむきながら志津が答える。

千太郎や由布姫が見たら、大笑いをすることだろう。だが、二人は真剣であった。

「やっと会えました」

「はい……」

ふたりはお互いの気持ちが通じ合っていたことに感動を覚えていた。

「なにをしておるのだ」

千太郎の声が聞こえた。

なかなか戻ってこないので、千太郎はしびれを切らして、出てきたのだった。

「そんなところに突っ立っていずに……」

そこまでいうと、由布姫が後ろに控えているのを見て、

「どうだ、四人でちとその辺に物見遊山にでも行こうではないか」

「物見遊山にですか？　どちらへ？」

「はて……お雪さんはどこか楽しいところを知らぬかな？」

「さぁ……」

「そうだ、市之丞、お前は知っておるであろう。案内せよ」

「しかし……」

「しかしもへったくれもない。連れて行け。弥市親分も連れて一緒にな」

「どこへです？」

「だから、お前が連れて行くのだ」

「料理屋なら、私は持ち合わせがありませんからよろしくお願いします」

「……では、ほかにしろ」

「は？」

「料理屋はなしだ」

「では……道灌山《どうかんやま》の虫聴きでも」

「おう……だがまだ七つ（四時）だ」

「なに、出店が出ていますから、早くても時間はつぶせますよ。それにいまからぼちぼち出かけたら、ちょうどいい頃合になりますでしょう」

「なるほど、では、虫聴きにまいろう」

しかし、そこに待った、の声がかかった。

帳場から治右衛門が出てきて、

「千太郎さん、今回はちゃんと品物を手に入れたでしょうな」

鉤鼻の強面顔が、ぐいと前に突き出た。

「あぁ、そうか。あの茶器があるから。それで勘弁してもらおう」

「なんです？　あれは二束三文のまがい物ですぞ！」

千太郎は、慌てて弥市にも声をかけて店から飛び出した。

治右衛門の怒り続ける声を後ろに、五人で片岡屋から道灌山に出発した。

ただの浪人とは思えぬ千太郎を先頭に、となりに由布姫。そして、市之丞のとなりには志津がつきそう。

弥市はひとりである。

「ち……面白くねぇや」

口を尖らせながら文句をぶつぶつ吐き出してはいるが、

「まぁ、なんとなく役者が揃いましたかねぇ」

本当は、どこか楽しそうだ。

山下から道灌山へ通じる東叡山寛永寺周りを歩くと、寺のなかから鳥のさえずりが聞こえてくる。

どことなくのどかな雰囲気のなか、雪こと由布姫は、本当にこのお人が稲月千太郎さまならいいのですが、と呟きながら歩き続けている。

やがて、道灌山の切通しが見えてきた。

「さぁ、これから路は狭いところが続く。お雪さん……もっとこっちへ」

千太郎は由布姫を誘った。

由布姫は、うれしそうに体を寄せる。

手が触れた。

由布姫は、息を呑んだが千太郎は笑みを浮かべるだけであった。

この人は、なにも感じないのだろうか、と少し不満である。その顔が表に出たのだろう、千太郎は由布姫を見つめると、

「まだ、早い……」

とつぶやいた。

まだ早い？

「どういうことです？」

「ははは、いろいろまだ早いということです」

千太郎は謎の言葉を残しながら、大笑いを続けているだけであった。

由布姫が空を見ると、家路につくのだろうかカラスが数羽固まって飛んでいく。西の空は赤く染まり始めていた。

まだ早い？

その言葉の意味を考えいているうちに、ふと由布姫の顔が朱色に染まったのは、西陽のせいだったろうか、それともほかに思いついたせいだったのだろうか、それは、由布姫本人も気がついてはいない……。

道灌山の山肌も赤く染まっていく……。

時代小説

二見時代小説文庫

姫《ひめ》さま同心《どうしん》 夜逃《よに》げ若殿《わかとの》 捕物噺《とりものばなし》3

著者 聖《ひじり》 龍人《りゅうと》

発行所 株式会社 二見書房
東京都千代田区三崎町二―一八―一一
電話 〇三―三五一五―二三一一［営業］
〇三―三五一五―二三一三［編集］
振替 〇〇一七〇―四―二六三九

印刷 株式会社 堀内印刷所
製本 ナショナル製本協同組合

落丁・乱丁本はお取り替えいたします。
定価は、カバーに表示してあります。

 ISBN978－4－576－11113－1
http://www.futami.co.jp/

二見時代小説文庫

聖 龍人　夜逃げ若殿 捕物噺1〜13

浅黄 斑　無茶の勘兵衛日月録1〜17／八丁堀・地蔵橋留書1〜2

麻倉 一矢　かぶき平八郎荒事始1〜2／上様は用心棒1〜2

井川 香四郎　とっくり官兵衛酔夢剣1〜3／蔦屋でござる1

大久保 智弘　御庭番宰領1〜7

大谷 羊太郎　変化侍柳之介1〜2／将棋士お香 事件帖1〜3

沖田 正午　陰聞き屋 十兵衛1〜5／殿さま商売人1〜3

風野 真知雄　大江戸定年組1〜7

喜安 幸夫　はぐれ同心 闇裁き1〜12／見倒屋鬼助 事件控1〜3

楠木 誠一郎　もぐら弦斎手控帳1〜3

倉阪 鬼一郎　小料理のどか屋 人情帖1〜13

小杉 健治　栄次郎江戸暦1〜13

佐々木 裕一　公家武者 松平信平1〜11

武田 櫂太郎　五城組裏三家秘帖1〜3

辻堂 魁　花川戸町自身番日記1〜2

幡 大介　天下御免の信十郎1〜9／大江戸三男事件帖1〜5

早見 俊　目安番こって牛征史郎1〜5／居眠り同心 影御用1〜16

花家 圭太郎　口入れ屋 人道楽帖1〜3

氷月 葵　公事宿 裏始末1〜5／女剣士 美涼1〜2

藤 水名子　与力・仏の重蔵1〜4

松乃 藍　つなぎの時蔵覚書1〜4

牧 秀彦　毘沙侍 降魔剣1〜4／八丁堀 裏十手1〜8

森 真沙子　日本橋物語1〜10／箱館奉行所始末1〜3／忘れ草秘剣帖1〜4

森 詠　剣客相談人1〜13